COL·LECCIÓ

QUATRE AMICS I MIG

El cas de la festa de fi de curs

edebé

Joachim Friedrich

El cas de la festa de fi de curs

edebé

Títol original: *4 1/2 Freunde und der Schulfest-Skandal*

Passeig de Sant Joan Bosco, 62
08017 Barcelona
www.edebe.com

Directora de la col·lecció: Reina Duarte
Il·lustracions: Mikel Valverde
Traducció: Ferran Vila

4a edició

ISBN 978-84-236-7863-1
Dipòsit Legal: B. 11928-2010
Imprès a Espanya
Printed in Spain
EGS - Rosari, 2 - Barcelona

Índex

1
Primer escàndol: els alumnes busquen bolquers al bosc!

—**Espero** una criatura —va dir la nostra professora de Biologia, la senyoreta Schulte-Stratmann, durant la classe.

Ho va mencionar així de passada, com si ens ordenés obrir els llibres de Biologia. Probablement va ser per això que vam trigar una estona a entendre el que acabava de dir: la nostra professora de Biologia estava embarassada!

Aleshores va esclatar l'alegria, com si ens hagués comunicat que teníem la resta de la setmana lliure. Jo mateix no sé per què ens en vam alegrar tant. Al capdavall no era pas res de l'altre món que una jove professora esperés un fill. Però com a alumne, un s'alegra de qualsevol petit canvi.

En aquella alegria general hi havia, però, una excepció: el Fred. Des que la senyoreta Schulte-Stratmann fa classes a la nostra escola, n'està enamorat.

No vaig poder veure-li la cara perquè el seu lloc és justament davant del meu. Allà seia ell, impassible mentre les orelles li brillaven. De vegades em pregunto si realment manté l'esperança que algun dia ell i la senyoreta Schulte-Stratmann puguin ser una parella.

El cas és que semblava estar tan sorprès per aquella novetat que se li va escapar una cosa de la qual després ràpidament es va penedir:

—Eh, tio, eh! Com ha pogut passar?

L'alegria va emmudir-se gairebé més ràpid que

quan va esclatar. Tothom va mirar el Fred, també la senyoreta Schulte-Stratmann. Semblava com si acabés d'entendre el que havia dit, però ja era massa tard. Tenint en compte el color de la cara no podia trigar gaire a esclatar.

La senyoreta Schulte-Stratmann no tan sols és jove i bonica, sinó també força severa. I no li agrada quan algú es fica en la seva vida privada. Probablement a nosaltres ens va explicar que estava embarassada perquè aviat no ho podria amagar. A nosaltres, sobretot al Fred, ens havia cridat l'atenció que últimament s'havia engreixat.

La senyoreta Schulte-Stratmann es va acostar lentament cap al Fred. Amb cada passa que ella feia, ell s'anava encongint a la cadira. Quan finalment es va plantar davant d'ell, gairebé no se'l podia veure per damunt de la taula. A classe s'havia imposat el silenci. Tothom esperava la intervenció de la senyoreta Schulte-Stratmann.

—Tens classe de Biologia amb mi, oi que sí, Fred? —va preguntar finalment quan el silenci es va fer gairebé insuportable.

—Aaah, sí, senyoreta Schulte-Stratmann.

—Recordes que fa poc vam parlar de la reproducció dels mamífers?

—Aaah, sí, senyoreta Schulte-Stratmann.

Es van poder sentir a classe rialletes i murmuris. Una mirada de la senyoreta Schulte-Stratmann va fer tornar el silenci de seguida.

—I saps que nosaltres, els éssers humans, pertanyem a l'espècie dels mamífers?

—Aaah, sí, senyoreta Schulte-Stratmann.

La nostra professora de Biologia va fer un altre pas endavant cap al Fred, s'hi va inclinar una mica i el va mirar als ulls.

—Aleshores hauries de saber, estimat Fred, com pot passar *una cosa així!* I si no, et recomano que t'estudiïs de nou les corresponents pàgines del llibre de text. Entesos?

—Eh, tia, vull dir, senyoreta Schulte-Stratmann.

Ara les mirades de la senyoreta Schulte-Stratmann no podien aturar les rialletes ni els murmuris.

—Tindrem una altra professora de Biologia? —va exclamar algú.

—És possible —va respondre la senyoreta Schulte-Stratmann—. Així i tot, m'agradaria treballar després del naixement, almenys dos o tres dies a la setmana.

—I el nen?

La senyoreta Schulte-Stratmann va mirar qui va fer la pregunta amb les celles alçades.

—Durant aquest temps algú s'ocuparà del nen. No us hi heu de preocupar. I ara no vull sentir ni una paraula més sobre això!

La senyoreta Schulte-Stratmann era prop de nosaltres quan l'Estefi em va clavar una empenta.

—Tu sí que podràs fer la feina de cangur, Ravenet. Al capdavall en tens experiència.

—Calla! —vaig cridar-li—. No cal que tothom ho sàpiga.

L'Estefi és la meva germana, millor dit, la meva germana bessona. Qui no ho sap no ho diria mai. La majoria de la gent que ens coneix es pensen que l'Estefi és la meva germana gran. Això es deu, d'una banda, a la seva bocassa, i de l'altra, que és una mica més alta que jo. Aquest fet va fer-me guanyar el meu sobrenom, «Ravenet». El nostre cognom és Rademacher. Llavors uns burros de la meva classe em van dir Ravenet. I no m'he pogut desfer d'aquest sobrenom. De fet, em dic Òscar, però ningú, tret dels pares i els professors, no em diu així.

Normalment m'entenc molt bé amb la meva germana, però de vegades l'escanyaria per la boca tan gran que té. Aquell era el cas. En realitat he treballat alguna vegada com a cangur per a la nostra veïna. Però quan vaig aconseguir entrar a la banda de detectius Charly & Company ho vaig deixar, perquè fer de cangur no és que sigui precisament guai. No m'agrada parlar-ne gaire i com menys gent ho sàpiga millor. Per això estava tan enfadat pel comentari de l'Estefi i esperava que ni la senyoreta Schulte-Stratmann ni ningú de la classe se n'hagués assabentat.

Semblava que tenia sort, ja que estaven molt ocupats amb el Fred. En certa manera es va passar la resta de la classe invisible. Només es podia veure una llumeta vermella al seu lloc. Probablement per a ell va ser la classe més llarga de la seva vida. Però finalment va passar.

A l'hora del pati, però, el Fred no es trobava millor. No hi havia ningú de classe que no s'acostés a ell per dir-li alguna bestiesa.

—Eh, tios, eh! —va exclamar—. Em traieu de polleguera!

—És culpa teva, Fred —vaig dir—. Per què no has pogut callar? Ja saps com és de sensible la senyoreta Schulte-Stratmann!

—Eh, tio, eh! —va rondinar el Fred—. Se m'ha escapat. Al capdavall és molt jove!

—Té prou edat perquè «aquestes coses» passin —va dir l'Estefi amb un somriure irònic—. Ho diu el nostre llibre de Biologia.

—Eh, tia, eh! Ja ho sé. Però trobo que el seu nòvio no és l'home adequat per a ella!

El somriure irònic de l'Estefi es va fer més ample.

—I qui és l'adequat? Tu?

—Eh, tia, eh!

—Voleu fer el favor de deixar-vos de criaturades! —va ficar-se pel mig el Charly—. Tenim coses més importants de què parlar.

—Més importants que el Fred i la senyoreta Schulte-Stratmann? —va preguntar l'Estefi—. Què deu ser?

—Potser té un nou cas per a nosaltres —vaig dir.

A més de mi, a l'Agència de Detectius Charly & Company, com sempre diu el Charly, hi pertanyen el Charly, l'Estefi, el Fred i el nostre gos Preciós. Com que la va crear el Charly, és ell qui fa gairebé sempre de cap. A qualsevol cantonada, hi veu un delinqüent. No és gens fàcil resoldre casos criminals de debò, tot i que ens n'haguem sortit alguna vegada.

—Malauradament no tinc cap cas nou —va sospirar el Charly—, però he pensat que potser podríem fer servir la setmana cultural i la festa de l'escola per promocionar la nostra feina. La majoria de la gent no sap com és de difícil la feina de detectiu.

—I com els ho voldràs ensenyar? —va preguntar l'Estefi.

El Charly va créixer un parell de centímetres.

—Tinc una idea. Deixeu-me fer a mi.

Com que sabíem que al nostre cap de tant en tant li agrada jugar als secrets, el vam deixar que gau-

dís. A l'hora següent el nostre tutor volia parlar amb nosaltres de la setmana cultural i la festa de l'escola. Llavors sabríem el que tenia planejat el Charly.

El nostre tutor es diu Siegfried Schlüter. Però nosaltres li diem «el Gran Siggi» perquè gairebé és tan ample com alt i amb prou feines passa per una porta normal.

—Com ja sabeu —va començar dient el Gran Siggi amb la seva veu greu—, la setmana cultural d'enguany s'organitza sota el lema de «Pel medi ambient, un fet evident».

—De segur que ha estat idea del senyor Kurzweiler! —va exclamar algú.

El Gran Siggi va alçar una cella.

—Qui si no?

El senyor Kurzweiler és el director de l'escola. El seu hobby és el medi ambient en general, s'interessa especialment per tot el que tingui a veure amb els peixos. De fet, tot plegat estaria bé si no fos perquè contínuament ens empipa amb la seva avorrida veu de xiulet.

—Que farà un discurs el senyor Kurzweiler a la festa de l'escola? —va preguntar algú altre—. Els meus pares ho volen saber.

El Gran Siggi va escurar-se el coll.

—Si interrompeu contínuament amb preguntes, la classe gairebé haurà passat abans que haguem pogut parlar de la campanya de la nostra classe. Demà ja comença la setmana cultural, que, com cada any, acaba dissabte amb la festa de l'escola. I com ja sabeu, cada classe ha de presentar la seva campanya pel medi ambient que ha realitzat durant la setmana cultural. Com que la millor campanya rep un premi, espero de vosaltres la màxima col·laboració i sobretot bones idees! Els vostres deures eren de fet pensar-vos un parell d'idees. Bé, us escolto!

En aquell mateix moment es va aixecar la mà del Charly. Ara érem a punt de descobrir el que havia pensat el nostre cap. Tanmateix, ho tornava a fer interessant.

—El nostre medi ambient està molt danyat! —va començar el Charly.

El Gran Siggi va assentir.

—Sí, així és. Per això el senyor Kurzweiler ha posat aquest lema a la setmana cultural d'enguany.

—Exacte! —va exclamar el Charly—. I sobretot són els humans qui fan malbé el medi ambient!

—Sííí, Charly! Ho sé! Si us plau, podries dir d'una vegada on vols anar a parar?

—I els humans que fan malbé el medi ambient es podrien qualificar de criminals —va continuar el nostre cap, impassible.

—Podria ser —va sospirar el Gran Siggi.

—I per capturar criminals calen detectius.

—Ah, sí? De debò? —va preguntar el Gran Siggi mentre la meitat dels alumnes gemegaven en veu alta.

No hi ha ningú a classe que no conegui l'amor del Charly pels casos criminals i a qui no hagi empipat alguna vegada.

El Charly va agafar aire.

—Per aquest motiu m'agradaria proposar la campanya següent: Tècniques d'investigació en delictes mediambientals.

Els gemecs van esdevenir més forts.

El Gran Siggi va encreuar els braços i va observar el Charly amb el cap ajupit.

—I què és el que se suposa que haurem de fer? —va preguntar després.

—Aaa... això m'ho hauria de rumiar encara. Estic disposat que algunes investigacions...

—Refusat! —va interrompre'l el Gran Siggi.

—Però per què?

—Doncs perquè et conec massa bé, Charly.

No tinc gens de ganes d'estar ocupat fins a la festa de l'escola evitant catàstrofes.

La boca del Charly va obrir-se i tancar-se un parell de vegades, però finalment va romandre en silenci la resta de la classe. En certa manera em recordava el Fred durant la classe de Biologia amb la senyoreta Schulte-Stratmann.

Després d'un petit debat, el Gran Siggi va decidir que aniríem al bosc a recollir escombraries.

—Aleshores les podrem classificar al pati de l'escola! —va repicar la veu greu del Gran Siggi per l'aula—. De segur que trobarem alguna cosa a la qual després podrem donar alguna utilitat. Després pensarem com es classifica objectivament la resta. Estic segur que serà molt interessant per als altres alumnes i per als pares!

—Què vol dir utilitat? —va preguntar el Fred.

—Bé, doncs —va explicar el Gran Siggi després de vacil·lar una mica—, per exemple, podríem ficar tots els materials orgànics a la nostra fossa. Això produeix una terra vegetal magnífica!

La fossa va ser idea de la senyoreta Schulte-

Stratmann, exactament com el petit hort de l'escola on amb prou feines hi creix alguna cosa. Mentrestant, gairebé tots els alumnes dúiem les «escombraries orgàniques», com diu sempre la senyoreta Schulte-Stratmann, a aquesta fossa.

—A més, la senyoreta Rotkehl farà amb la seva classe els instruments de música amb les escombraries —va continuar el Gran Siggi—. Podrà fer servir segurament alguna cosa que trobem al bosc. Silen-

ci! —va cridar quan es van estendre de nou les rialles i el murmuri.

La senyoreta Rotkehl és la nostra professora de Música. Té una veu amb la qual es podrien trencar els vidres de les finestres. Els alumnes de la seva classe em feien pena.

—És genial! —va murmurar l'Estefi al meu costat—. Anirem corrents pel bosc recollint ampolles buides de cervesa i bolquers de nadons. M'estimo més fer classe.

—Recollir escombraries! Quina ximpleria de nens petits! —va exclamar també el Charly a l'hora del pati—. Com és que hauria hagut d'evitar catàstrofes amb la meva proposta? Teniu una idea del que ha volgut dir?

—Ni idea, Charly —va dir l'Estefi fent-me l'ullet d'amagat.

—Sigui com sigui, la meva proposta era millor. A vosaltres també us ho sembla, oi?

—És clar! —vam exclamar l'Estefi, el Fred i jo alhora.

—Molt bé! —va dir el Charly—. I això és el que demostrarem al Gran Siggi!

De seguida ens va saber greu haver-li donat la raó.

—Què vol dir això? —va preguntar l'Estefi.

—A mi també m'interessaria saber-ho —vaig dir—. No tinc ganes de tenir problemes amb el Gran Siggi.

El Charly va fer un gest de reprovació amb la mà.

—Ja us esteu pixant als pantalons abans de saber de què es tracta.

—Eh, tio, eh! Aleshores digues-nos-ho!

El Charly es va inclinar una mica cap endavant. Sempre ho fa quan ens vol dir alguna cosa que es pensa que no ha de sentir ningú més.

—Descobrirem un escàndol mediambiental —va murmurar.

—Un escàndol mediambiental? —va exclamar l'Estefi— Però quin escàndol mediambiental?

—Psss! No tan fort! I jo què sé! Qualsevol escàndol mediambiental. Cada dia se'n poden llegir als diaris, d'aquests escàndols. El millor serà que lliurem els culpables de seguida. Imagineu-vos la cara que faran el Gran Siggi i els altres!

—Ostres, Charly —va gemegar l'Estefi—, vols

descobrir un escàndol mediambiental però no saps quin?

—És que sempre he de fer tota la feina jo? —va replicar el Charly—. Penseu alguna cosa per una vegada!

—Eh, tios, eh! —va exclamar de sobte el Fred—. Fa poc van fer per la *tele* un reportatge sobre un escàndol mediambiental. Algú va vessar alguna cosa verinosa en un lloc i després es van construir cases en aquell terra contaminat. Quan la gent es va posar malalta, van analitzar el sòl. Allò era tan perillós que tothom va haver de marxar de casa seva!

—Imagina't que haguéssim d'abandonar casa nostra —em va dir l'Estefi.

No m'agradaria ni imaginar-m'ho. Quan ens vam traslladar ara fa poc a la nostra casa unifamiliar als afores de la ciutat, no em va agradar gens. Però ara no em podia imaginar viure en un altre lloc.

—Sòl contaminat —va dir-se el Charly a ell mateix—. No és mala idea, Fred. Gens ni mica.

—Eh, tio, eh! El cas fa temps que està resolt!

El Charly va moure negativament el cap.

—Casos d'aquesta mena es repeteixen constantment.

—I? —va preguntar l'Estefi—. Què vols dir amb això?

—Encara hi he de rumiar —va respondre el Charly—. Aquesta tarda ens veiem a l'hort. Llavors us en podré dir més.

2
Segon escàndol: la contaminació és a tot arreu!

A la tarda ens vam trobar l'Estefi i jo gairebé alhora amb el Charly i el Fred a l'hort. El Preciós ens va rebre movent la cua, bordant fort i xiulant. Probablement l'alegria era més pel menjar que li dúiem que no pas per nosaltres.

El fet que tinguem un gos ho hem d'agrair al Fred. Tots dos es van trobar un dia rere un contenidor d'escombraries. El nostre petit gos ha passat mitja vida al carrer. És una mica desastre: li falten mitja orella i un parell de dents. Potser aquest forat a la dentadura és el culpable que xiuli quan s'excita o s'alegra. No és especialment maco, per això li vam posar Preciós, perquè tingués almenys alguna cosa «bonica». Com que cap de nosaltres no se'l podia quedar a casa, el vam allotjar a l'hort de l'oncle Werner i la tieta Hilde. Aquest hort és, com si diguéssim, el quarter general de Charly & Company.

Tots nosaltres ens estimem el Preciós, encara que el Charly estigui contínuament queixant-se'n perquè no fa cas del que li diem i no té ganes de seguir pistes o fer de gos detectiu. En canvi, s'estima més menjar. Per al Fred, el Preciós és el més gran. No és, doncs, tan estrany que tots dos es discuteixin pel Preciós. Com també aquesta vegada.

—Al final se'ns menjarà els cabells! —va esbufegar el Charly mentre mirava com el Preciós buidava en una velocitat rècord el seu bol—. Si almenys treballés!

—Sempre estàs igual! —va exclamar el Fred—. Ens ha ajudat tantes vegades! Però tu no ho vols reconèixer!

El Fred tenia raó en allò. El Preciós ens havia ajudat realment un parell de vegades en els nostres casos. De vegades he tingut la impressió que ens podia entendre. Però no ho he dit, és clar. No em venia de gust que els altres em prenguessin per boig.

—Pareu de barallar-vos! —vaig dir en comptes d'allò—. És millor que ens expliquis què havies pensat.

—Jo també estic intrigada —va afirmar l'Estefi.

En comptes d'una resposta, el Charly va treure alguna cosa de la butxaca de la seva jaqueta.

—Eh, tio, eh! Això és una pala petita!

—Una pala de joguina —va afirmar irònica l'Estefi—. Que l'has trobat amb les joguines d'infantesa, Charly?

—Et pots estalviar les teves estúpides observacions —va replicar el Charly—. Jo almenys em preocupo dels nostres casos.

Va treure un parell de bosses de plàstic de la butxaca.

—Agafarem mostres de terra i les ficarem a les bosses —va anunciar el nostre cap.

—Eh, tio, eh! I estan contaminades?

—Ostres, Fred! —va rondinar el Charly—. Podries fer preguntes ximples! De primer haurem d'investigar si estan o no contaminades.

—Com ho penses investigar? —va preguntar l'Estefi—. Amb el teu joc de química?

El Charly va llançar a l'Estefi una mirada d'empipat.

—Ja ho veurem. Primerament hem de decidir on recollirem les proves.

—A la fàbrica antiga —vaig dir sense pensar—. Allà ja vam buscar una vegada sòl contaminat.

—Eh, tio, eh! Exacte! Quan els ximples de l'ajuntament van voler prendre la casa al Preciós.

En aquella ocasió, un misteriós lladre de cogombres va fer de les seves a l'hort de la tieta Hilde i l'oncle Werner. A més a més, volien traslladar els horts al solar de l'antiga fàbrica. Per sort ho vam poder evitar.

El Charly va treure el petit bloc de notes que sempre porta amb ell. Sembla força fet malbé.

—Ja ho he apuntat —va dir mentre encara escrivia—. Més propostes?

—Eh, tios, eh! La depuradora! Allà sempre fa molta pudor!

—Fred! —va sospirar l'Estefi—. Només perquè hi faci pudor el sòl no ha d'estar contaminat. Al cap i a la fi, allà hi ha tota la mer...

El Charly va enlairar les mans.

—Si us plau, no n'expliquis els detalls, Estefi! No em sembla tan malament la proposta. Acceptada!

El nostre cap tornava a anotar alguna cosa al seu quadern.

—D'altra banda, l'Estefi té raó —va afirmar el Charly—. Si només escollim objectes sospitosos on tothom espera trobar-se de seguida una contaminació del sòl, ja no és cap escàndol de debò.

—I què vols dir amb això? —vaig preguntar.

—Està ben clar! Doncs que hem d'investigar objectes que no siguin sospitosos.

—I quins objectes no són sospitosos?

Aquest to el coneixia força bé. La meva germana estava nerviosa.

El Charly va arronsar les espatlles.

—Eh, tios, eh! —va exclamar el Fred—. Què us sembla el petit hort de la nostra escola? Allà no hi creix res!

Feia un temps que la senyoreta Schulte-Stratmann, la nostra professora de Biologia, havia muntat un petit hort al pati de l'escola.

—Perquè pugueu veure quins miracles ens ofereix la mare naturalesa —ens va dir.

Els únics miracles que hem pogut observar fins ara són un parell de matolls de julivert i una pastanaga sola que va destrossar el Fred en el nostre últim cas. Tota la resta o bé havia acabat de manera lamentable o bé no havia sortit. I això malgrat que el terra de l'hort prové de la fossa vegetal de la qual la senyoreta Schulte-Stratmann té cura com si fos la nina dels seus ulls.

El Charly va tornar a escriure:

—Hort de l'escola! Molt bé, Fred! Aleshores hauríem d'ocupar-nos també de la fossa vegetal.

—Em penso que ja n'hi ha prou —va dir l'Estefi—. Al capdavall no em vull passar una setmana sencera passejant-me per la brutícia.

—Encara no n'hi ha prou —va exclamar el Charly—. A més, no ens passejarem per la brutícia, sinó que prendrem mostres de terra. Anirà molt ràpid. En qualsevol cas estic a favor d'observar minuciosament un parell de jardins dels mestres.

—Eh, tio, eh! Però què hi vols fer tu, allà?

—Precisament els jardins dels mestres! —vaig exclamar—. Si ens enxampen no tindrem motius per riure!

El Charly va fer un gest de reprovació amb la mà.

—Au, va! Si planegem bé l'operació no ens pot passar absolutament res. Entrem a l'hort, agafem les mostres i toquem el dos.

—Tot i així no acabo d'entendre per què vols anar precisament a casa dels professors —va dir l'Estefi.

El Charly va fer un somriure irònic d'orella a orella.

—Imagineu-vos que un hort estigués contaminat. Això sí que seria un escàndol!

—Charly! —va esbufegar l'Estefi—. Es pot saber amb què somies tu a les nits?

El Charly va mossegar-se els llavis.

—No cal que vinguis.

Ara era l'Estefi qui somreia àmpliament irònica.

—I tant que vindré. Et penses que m'ho penso perdre, jo?

De vegades no entenc la meva germana. Faci el que faci o digui el que digui el Charly, mai no s'ho pren seriosament. No obstant això, sempre fa el que ell proposa. Probablement espera que es torni a posar en evidència.

—Quins jardins has pensat investigar? —vaig preguntar al Charly—. Encara no sabem qui té un hort.

—En coneixem dos —va replicar el Charly—: La senyoreta Schulte-Stratmann i el senyor Kurzweiler.

—No! Qualsevol, però el senyor Kurzweiler no! —va exclamar l'Estefi.

El senyor Kurzweiler és el director de la nostra escola i possiblement el director més avorrit del món.

No crec que hi hagi una persona que pugui escoltar-se'l més de cinc minuts sense adormir-se. De fet, ja l'havíem visitat un cop a casa seva. Per això sabíem que tenia una casa bonica amb hort. Aquella visita va acabar, però, en una petita catàstrofe en la qual un dels peixos favorits del senyor Kurzweiler va acabar perdent la vida. Per això no és que estiguéssim precisament gaire emocionats amb la proposta del Charly.

—I encara hem de descobrir en secret quin dels altres *profes* té un hort —va dir el Charly sense fer cas de la nostra protesta.

En secret! Allò que deia el Charly ja ho havíem viscut abans.

—Avui primeramente ens ocuparem dels altres objectes —va continuar el nostre cap—: la fàbrica antiga, l'hort de l'escola, la fossa vegetal i l'hort.

—Eh, tio, eh! No et deus pensar que el sòl està contaminat? Aquí tot creix fantàsticament!

—Això no vol dir res —va afirmar el Charly ficant terra en una de les bosses de plàstic.

El Preciós se'l mirava amb interès.

—Què esteu fent, nois? —va exclamar algú des de la porta d'entrada a l'hort.

—Tieta Hilde! Oncle Werner!

El Charly de poc s'ennuega i es va posar com un tomàquet. Va intentar amagar la bossa de plàstic amb la terra rere la seva esquena. Però va ser massa tard.

—Això és terra de l'hort? —va preguntar l'oncle Werner.

Es podia veure clarament com el Charly buscava desesperadament una resposta, però la meva germana no coneixia la compassió.

—És per a l'escola. Per a la festa de l'escola necessitem terra contaminada —va dir amb tota naturalitat.

L'oncle Werner va agafar aire.

—Festa? Terra contaminada? Al meu hort?

El Charly va ficar ràpidament la bossa amb la terra dins la butxaca de la seva jaqueta.

—No és el que et penses, oncle Werner... Aaa... tot plegat només teòricament. De debò!

—Això espero! —va rondinar l'oncle Werner—. Terra contaminada! Al meu hort! El que he de sentir!

—Em penso que serà millor que ens n'anem —vaig dir ràpidament.

Quan es tracta del seu hort, l'oncle Werner no sap el que és fer broma.

—Una molt bona idea, Ravenet! —va exclamar el Charly—. Vull dir, no tenim gaire temps més!

Va agafar el Preciós en braços i va tocar el dos.

—És que sempre m'has de fer la guitza? —va esbroncar el Charly la meva germana quan no ens podia sentir ningú.

—Què t'empatolles? —va preguntar l'Estefi en to d'innocent—. Era la veritat!

—Un escàndol s'ha de mantenir en secret fins que s'esclareixi tot.

—Eh, tio, eh! —va exclamar el Fred—. Com és que portes tu el Preciós? Si no ho fas mai.

—Tens raó —va dir el Charly lliurant el Preciós al Fred—. El nostre cas tot just acaba de començar i ja estic nerviós.

Aleshores es va aturar, va buscar dins la seva butxaca i en va treure la bossa amb la terra i el seu bloc de notes. El va fullejar i va escriure alguna cosa a la bossa, sempre mirant el seu bloc.

—Eh, tio, eh! Però què fas? —va preguntar el Fred uns moments després.

—Apunto l'origen de la terra a la bossa —va explicar el Charly sense aixecar la mirada—. Perquè després no ens confonguem.

—I per què trigues tant? —va preguntar l'Estefi—. És que ja no saps escriure?

El Charly no va respondre sinó que va continuar ocupat amb la bossa i el bloc de notes.

—Bé! Llestos! —va dir finalment radiant posant-nos la bossa sota el nas.

Vaig necessitar un moment fins que vaig desxifrar el que hi deia:

—ANISNTICBTSGKFJNBJIKMOTW! Però què coi és això? Xinès?

—No en teniu ni idea! —va exclamar el Charly—. És un codi! Un codi secret, si és el que voleu saber.

—Perquè l'escàndol es mantingui en secret —va dir l'Estefi.

—Ho has captat. Però la ironia te la pots estalviar!

El Charly ens va mostrar orgullós el seu bloc de notes.

—Es tracta d'una taula secreta. La vaig trobar en un llibre especialitzat.

—Llibre especialitzat? —va rondinar l'Estefi—. Que potser és *El petit detectiu?*

—Eh, tio, eh! No ho entenc —va dir el Fred, que com l'Estefi i jo mirava detingudament la taula secreta del Charly.

	A	B	C	D	E	F	G	H	I	J	K	L	M	N	O	P	Q	R	S	T	U	V	W	X	Y	Z
A				X																						
B																										X
C													X													
D							X																			
E											X															
F		X																								
G																		X								
H														X												
I															X											
J																					X					
K																			X							
L						X																				
M	X																									
N																						X				
O																				X						
P										X																
Q																X										
R									X																	
S																							X			
T			X																							
U																									X	
V																								X		
W																	X									
X								X																		
Y												X														
Z					X																					

—És ben senzill. Us ho explicaré —va dir el Charly sense que li ho haguéssim preguntat—. A la fila de l'esquerra hi ha les lletres que realment voleu escriure. I a dalt trobeu les lletres codificades. Per exemple, si vosaltres voleu escriure una B, aleshores aneu amb el dit des de la B cap a la dreta, fins que arribeu a la creueta, i llavors cap amunt. I doncs, què teniu aquí?

—Una Z, senyor professor —va respondre l'Estefi.

—Correcte! —va radiar el Charly—. Aleshores no escriviu una B sinó una Z! Si voleu desxifrar el vostre missatge secret, ho heu de fer a la inversa.

—No se m'hauria acudit mai a mi —va afirmar l'Estefi girant els ulls en blanc.

—Eh, tio, eh! Què hi diu, a la bossa? —va preguntar el Fred.

El Charly va encreuar els braços.

—Desxifra-ho tu mateix. Així és com practicareu.

—És que som a l'escola aquí? —va exclamar l'Estefi.

Tanmateix, el Fred ja havia agafat el bloc de notes del Charly, havia col·locat la llengua entre els llavis i començava a desxifrar el «missatge secret» del Charly. Vam deixar que en gaudís, ja que semblava que s'ho passava bé.

Força estona després, va aixecar la vista i es va gratar el cap.

—Eh, tio, eh! No ho entenc! Això no té ni cap ni peus!

—Què és el que has desxifrat? —va preguntar l'Estefi.

—MHRKHORTFNKDELQHFPRECIOS —va llegir a poc a poc.

—Com dius?

—Eh, tio, eh! MHRKHORTFNKDELQHFPRECIOS!

—Deus d'haver fet alguna cosa malament —vaig dir.

—Eh, tio, eh! Ho he fet exactament tal com ho ha explicat el Charly.

El nostre cap encara era allà dret de braços creuats amb la cara radiant.

—Bé, és un petit truc.

—Del teu *llibre especialitzat?* —va preguntar l'Estefi

—Exacte. Al començament, al mig, entre paraules i al final s'afegeixen senzillament un parell de síl·labes sense sentit. Traieu MHRK, FNK, QHF. Què hi teniu?

—Hort del preciós! —va exclamar el Fred i es va alegrar com fa el Preciós quan li portem galetes per a gos—. Però encara no entenc per a què ens ha de servir.

—D'aquesta manera es fa més difícil que ho desxifri el rival —va respondre el Charly.

—Rival? —va preguntar l'Estefi—. Quin rival?

—I jo què sé! —va exclamar el Charly—. Algú podria fer-se amb les proves de manera il·legal.

—Charly! —va esbroncar-lo l'Estefi—. De debò et penses que algú robaria una bossa amb terra de l'hort de la tieta Hilde?

—Penseu el que vulgueu! —va exclamar el Charly mentre rèiem—. Però jo vull estar preparat per a tot! A més, ara hauríem de preocupar-nos de les altres proves. Si ens quedem aquí plantats xerrant, no acabarem mai!

3
Tercer escàndol: torna el passat!

Quan vam anar a l'antiga fàbrica per recollir la nostra propera «prova sospitosa» (tal com en deia el Charly), no em sentia bé amb mi mateix. Vaig pensar, amb suor freda de por, en el dia que em va enxampar un vigilant quan vam voler salvar l'hort de la tieta Hilde.

Aquesta vegada, però, semblava que teníem més sort. Les ruïnes de la fàbrica eren allà, com mortes. De manera que podríem recollir sense problemes una mica de terra i tocar el dos de seguida.

Però el Fred va fer una proposta:

—Eh, tios, eh! No sabem on hem d'excavar. No hauríem de deixar que el Preciós busqui la terra contaminada?

—El Preciós? —va exclamar el Charly—. Però si ni tan sols troba la seva pròpia cua!

—Eh, tio, eh! El Preciós és el més intel·ligent i...

—Jo estaria d'acord a deixar que el Preciós busqui —va interrompre'l l'Estefi— si la terra estigués contaminada amb galetes per a gos.

El Fred es va posar vermell com un tomàquet.

—No em fa cap gràcia!

—A mi sí —va riure el Charly.

—És que us heu de discutir precisament aquí? —vaig ficar-me pel mig.

—Que tens por que t'enxampin? —va ironitzar l'Estefi.

Com he dit abans, de vegades l'escanyaria, de debò!

—El Ravenet té raó —va dir el Charly—. Ens hauríem de concentrar en la feina. Busquem algun lloc sospitós i n'agafem una mostra.

En aquell moment el Preciós va saltar dels braços del Fred i va travessar corrents el solar de la fàbrica.

—Ens vol ensenyar alguna cosa! —va exclamar el Fred—. Ho veieu?

—Potser és que li fa vergonya que sempre el portin agafat i vol anar tot solet —va afirmar l'Estefi.

El Preciós continuava corrent. Es va aturar a l'altra punta del solar i va excavar a terra.

—Eh, tios, eh! El Preciós ha trobat alguna cosa! Terra contaminada!

El Charly va endur-se el dit índex a la barbeta.

—I com deu saber el que estem buscant?

—Doncs perquè el Preciós és el més intel·ligent i...

—Tant és si agafem la mostra d'aquí o d'allà —va dir l'Estefi—. Anem amb el Preciós.

—Ni parlar-ne! Jo no permeto que el Preciós em digui on he de buscar. Excavarem aquí! —va exclamar el Charly i va ficar terra en una de les bossetes de plàstic.

Quan el Preciós va tornar amb nosaltres no vaig saber qui feia més cara d'ofès, si ell o el Preciós.

Des que el nostre gos és amb nosaltres probablement ha causat més incidents que qualsevol altre gos en tota la vida. D'altra banda, però, el Preciós és un gos força especial. Fins i tot el Charly ho sap, però no ho reconeixeria mai.

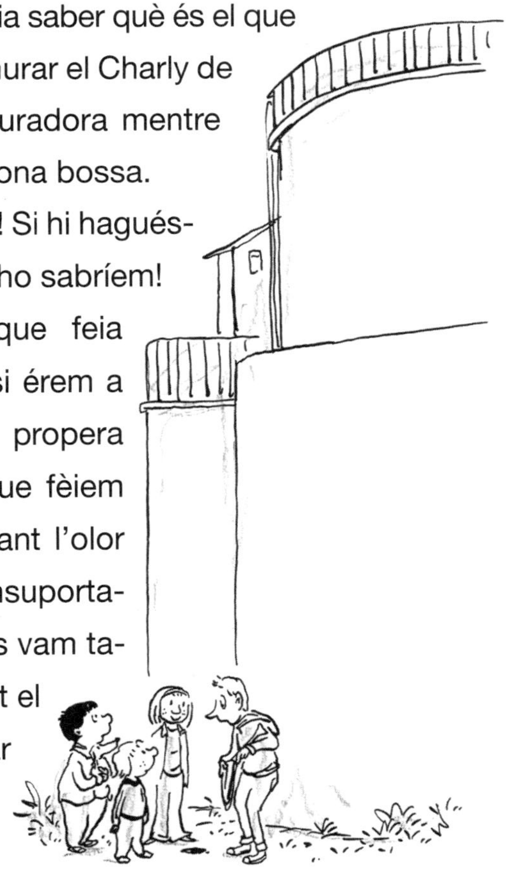

—M'agradaria saber què és el que buscava —va murmurar el Charly de camí cap a la depuradora mentre «codificava» la segona bossa.

—Eh, tio, eh! Si hi hagués-sim fet una ullada, ho sabríem!

Per l'olor que feia vam poder saber si érem a prop de la nostra propera meta. A mesura que fèiem un pas cap endavant l'olor s'anava fent més insuportable. Al final tots ens vam tapar el nas. Fins i tot el Preciós va amagar el nas sota la jaqueta del Fred.

—Tot contaminat —va murmurar el Charly—. Garantit, tot contaminat.

—La pregunta és, amb què? —va replicar l'Estefi.

Aquest cop no hi va haver cap discussió sobre on havíem d'agafar les mostres.

—Si faig una passa més cap endavant, em desmaiaré! —va queixar-se la meva germana.

El Charly va agafar la seva petita pala.

—Vet aquí —va dir ficant terra a la bosseta amb la pala.

Una vegada ens vam allunyar de la depuradora i vam poder respirar amb certa normalitat, el Charly va obrir la bosseta i hi va ficar el nas.

—Que encara no n'has tingut prou? —va preguntar l'Estefi.

El Charly va moure el cap negativament.

—Estrany. No fa olor de verí, en absolut.

L'Estefi va somriure irònicament al Charly.

—Ja us ho he dit, aquí només fa olor de mer...

—Eh, tia, eh! Calla! Em trobo malament!

S'havia fet força tard quan vam arribar a l'escola. No obstant això, al Charly no li vam poder treure del cap que busqués a l'hort de l'escola el lloc exacte on vam plantar pèsols amb la senyoreta Schulte-Stratmann, els quals, però, no van créixer mai.

—Un indici significatiu —va afirmar el Charly fent cara d'importància.

Extreure una mostra de la fossa vegetal va ser tota una història força desagradable. Vam haver de remoure un munt de deixalles biològiques, insectes i llimacs fins que vam trobar la primera capa de terra.

—Per què ho faig, això? —va exclamar l'Estefi tremolant.

El Charly va anotar el seu codi secret a la bossa i va fregar-se les mans.

—No està pas malament. I per a demà tenim els jardins dels mestres!

Em vaig alegrar d'arribar a casa. Em feia mal la panxa de la gana que tenia. Em vaig posar a sopar com si fos un llop, fins que l'Estefi em va recordar la pudor de la depuradora.

Em vaig aixecar de taula empipadíssim. Uns minuts més tard, però, vaig estar-li agraït. Si en aquell mateix moment, quan va sonar el telèfon, no hi hagués passat pel costat, de segur que l'hauria agafat la tafanera de la meva germana. I no hauria estat bé, ja que a l'altra banda de la línia vaig sentir una veu amb la qual no havia comptat per a res.

—Sóc la senyoreta Schulte-Stratmann.

—Qui és? —vaig preguntar com un ximple.

—La senyoreta Schulte-Stratmann —va repetir la meva professora de Biologia—. Hola, Òscar. Que bé que t'hi hagis posat tu. De fet volia parlar amb tu.

—Amb mi? —vaig exclamar tan fort al telèfon que a la senyoreta Schulte-Stratmann probablement li van fer mal les orelles—. Que té a veure amb l'escola? O amb el meu examen de Biologia?

—No! —va riure la senyoreta Schulte-Stratmann—. Com és que sempre tens aquesta por, Òscar? La meva trucada no té res a veure amb l'escola, i l'examen encara no l'he corregit. Truco perquè avui a classe he sentit per casualitat que la teva germana deia que tenies experiència de cangur.

—Can-can? Can-can? —vaig pronunciar mentre el sopar em feia voltes a l'estómac i el cap em brillava com si l'hagués ficat al forn.

—O potser ho he sentit malament? —va preguntat la senyoreta Schulte-Stratmann.

—Sí, eeh..., no, en realitat no.

—No et vull insistir, Òscar, però et podries expressar una mica millor?

—Ho he fet un parell de cops —vaig respondre «en honor a la veritat», tal com diria el Charly.

Mentre anava parlant m'enfadava cada cop més amb la bocamolla de la meva germana i amb mi mateix perquè he de dir la veritat quan un professor em pregunta.

—Molt bé! —va alegrar-se la senyoreta Schulte-Stratmann—. Tindries ganes de tornar-ho a fer?

—Què vol dir? —vaig preguntar tot i saber el que volia dir.

—Que no t'ho pots imaginar? Encara trigarà una mica fins que arribi el nen, però mai no és aviat per preocupar-se del cangur.

—Eee..., sí. Si vostè ho diu —vaig balbotejar.

Durant una estona la meva professora de Biologia no va dir res. Vaig tenir l'esperança que potser em podria sortir d'aquella situació.

Llavors la senyoreta Schulte-Stratmann va fer la pregunta decisiva:

—Et ve de gust tenir cura del nostre nadó, Òscar? Naturalment que no mentre sigui a l'escola —va riure—. Però potser sí durant els caps de setmana o a la tarda quan hagi de corregir exàmens.

Em vaig marejar.

Em vaig sentir com si hagués estat hores i hores fent voltes en una muntanya russa gegant. Cangur! Què dirien els altres quan ho sabessin? De fet, jo continuava sent el «petit» Ravenet. I fer de cangur segurament era, en opinió dels altres, la cosa menys guai que es podia fer a la meva edat.

—Òscar? Que hi ets encara? —va preguntar la senyoreta Schulte-Stratmann.

—Sí, sí! —vaig exclamar ràpidament—. M'alegro molt que em vulgui tenir de cangur.

Per començar no estava pas tan malament. Però ara venia la continuació.

—Però? —va preguntar tot seguit la senyoreta Schulte-Stratmann.

—No, no sé si ho puc fer. Ho vaig fer durant molt poc temps. De debò!

—Tant és! —va riure la senyoreta Schulte-Stratmann—. Confio en tu. Això és el més important. Al cap i a la fi vull confiar-te el meu fill, encara que sigui només per un parell d'horetes.

Què és el que s'ha de dir en aquests casos?

—Si vostè ho diu, senyoreta Schulte-Stratmann.

—Això és un sí, Òscar?

—Sí.

—Molt bé! Me n'alegro! De la resta en parlem quan arribi el moment.

—És clar.

No sé quant de temps vaig estar-me allà palplantat mirant el telèfon, el qual de primer va sonar fluix i després va xiular ben fort amb el senyal de comunicar. Allò em va despertar. Vaig penjar el telèfon tan silenciosament com vaig poder.

—Qui era? —vaig sentir que deia el pare.

—S'han equivocat —vaig respondre.

Vaig anar-me'n a la meva habitació i em vaig estirar sobre el llit. Per què? Per què precisament jo? Què havia fet malament?

En quin mes de gestació devia ser la senyoreta Schulte-Stratmann? Quant de temps havia de passar encara fins que la meva vida es convertís en un infern?

La meva germana no era cap problema. Ja m'ha-

via acostumat als seus comentaris. El Fred no en diria res probablement. Al capdavall ell tampoc no ho tenia fàcil. Fins i tot suportaria el Charly. Però i els altres! Segurament no hi hauria cap dia en què em trobés algú al pati de l'escola o de camí cap a casa que es rigués de mi per la meva feina de cangur del fill de la nostra professora de Biologia.

Em van despertar els cops de cada matí a la porta de la meva habitació.

—Ravenet! Aixeca't, dormilega! Ja és tard!

Havia dormit tota la nit amb la roba posada. Un dia que començava d'aquella manera no podia ser bo. Que m'havia de canviar de roba, potser? Que m'havia de llevar? Podria fingir estar malalt. Així i tot vaig descartar aquells pensaments de seguida. Quan el teu pare és professor, t'acostumes a deixar de banda aquests pensaments.

—No has dit gairebé res en tot el matí. Que et passa res, Ravenet? —va preguntar-me l'Estefi de camí a l'escola.

Vaig fer que no amb el cap. Alhora anava rumiant si li havia d'explicar el que m'esperava quan nasqués el fill de la senyoreta Schulte-Stratmann. No ho vaig fer. Com menys en sabessin, millor.

Vaig mirar al meu voltant al pati. De segur que la senyoreta Schulte-Stratmann volia creuar-se amb mi i fer-me algun comentari delator.

A prop meu algú reia. De mi? Que ja ho sabia tothom? Potser ho havien penjat al taulell d'anuncis o potser portava escrit a la cara el que m'havia passat la nit anterior.

Em va alegrar que aparegués el Charly i em fes pensar en altres coses.

—Tinc un pla! —va anunciar-me.

—M'hauria estranyat que no en tinguessis cap —va afirmar l'Estefi.

—Eh, tio, eh! Un pla? Què vols dir? Els horts dels *profes* que hem d'examinar?

El Charly va dur-se el dit índex als llavis.

—Psss! No tan fort, Fred! De primer cal que descobrim quins professors tenen un jardí.

—Ja sabem que el senyor Kurzweiler i la senyoreta Schulte-Stratmann sí que en tenen —va afirmar l'Estefi—. Ja els hem vist.

El Charly va treure el seu bloc de notes de la butxaca.

—Ho tinc tot apuntat! Però encara en tinc més a la meva llista: el Gran Siggi, la senyoreta Rotkehl i el guapo del Gerard.

—El guapo del Gerard? —vaig exclamar—. I per què precisament ell?

El senyor Brinkmann és el nostre professor de Matemàtiques. Tots nosaltres, però, li diem «el guapo del Gerard». No hi ha ni una sola classe de Matemàtiques en què no es miri al mirall que hi ha al lavabo de la nostra classe. Aquell, però, no va ser el motiu de la meva decepció. Les Mates són, de fet, el meu punt dèbil. I el guapo del Gerard m'ho recorda en qualsevol ocasió amb els seus estúpids acudits. No puc riure en absolut amb els seus acudits, sobretot quan penso que el meu pare també és professor de Matemàtiques.

—Eh, tio, eh! —va exclamar el Fred—. Estaria d'acord a no examinar el jardí de la senyoreta Schulte-Stratmann!

L'Estefi va acostar-se al Fred.

—Que tens por que puguem descobrir un secret obscur de la senyoreta Schulte-Stratmann?

—Eh, tia, eh! Un secret obscur! Quina bestiesa! De la senyoreta Schulte-Stratmann, ni parlar-ne!

—Això no se sap mai —va exclamar el Charly—. El cas és que investigarem sense aixecar sospites quins dels nostres professors tenen un jardí.

Com que en aquell moment va sonar el timbre i el Charly de seguida va dirigir-se a l'edifici de l'escola, ni el Fred ni jo vam poder protestar. Probablement tampoc no hagués valgut la pena. Quan al Charly se li fica una cosa al cap, no hi ha ningú que la hi tregui.

4
Quart escàndol: els diners, les escombraries i les herbes escassegen!

En realitat, al començament no tenia gens de ganes de l'estúpida setmana cultural, però ara me n'alegrava. Aquella setmana només seríem amb el nostre tutor, el Gran Siggi. De manera que em lliurava de la classe de Biologia de la senyoreta Schulte-Stratmann.

El nostre tutor ens va rebre amb dues sorpreses. La primera va ser la seva vestimenta: uns pantalons verds que li arribaven només fins als genolls. Per sota, unes mitges llargues de llana que s'estenien fins a les cuixes, les quals em recordaven dues pilotes de futbol. Els seus peus s'amagaven en unes xiruques amb les quals es podia haver travessat un incendi al bosc. A més, duia una jaqueta verda de cantor tirolès i un barret verd del qual sortia una mena de ploma.

—No sabia que el nostre tutor fos guarda forestal —va murmurar-me l'Estefi a cau d'orella.

La segona sorpresa ens va semblar menys divertida.

—El senyor Kurzweiler vol fer un petit discurs amb motiu de la setmana cultural a la sala d'actes —va anunciar el Gran Siggi entre els gemecs dels seus alumnes.

—Un discurs del senyor Kurzweiler. Només faltava això! —va rondinar l'Estefi quan ens dirigíem a la sala d'actes.

Tothom té por dels «breus» discursos del senyor Kurzweiler: els alumnes, els professors, fins i tot els pares. I és que els discursos del nostre director no tan sols són llargs, sinó també força avorrits. Aconsegueix que a cada festa de final de curs quatre-centes persones s'adormin profundament en deu minuts.

I exactament això és el que va passar.

—Per això, estimats alumnes meus —va exclamar quan la meitat dels seus oients ja dormia—, durant aquesta setmana cultural m'agradaria construir un petit biòtop al pati de la nostra escola amb alguns voluntaris!

Es podia reconèixer fàcilment qui eren els «voluntaris». Eren aquells amb les cares més pàl·lides.

De cop i volta, el senyor Pedel, el nostre conserge, va aixecar la mà. Tothom es va despertar de seguida. Encara no havíem vist mai que algú aixequés la mà durant un discurs del senyor Kurzweiler. Ningú no volia allargar innecessàriament aquella conversa. Vaig notar que al meu costat l'Estefi es posava nerviosa. Per a ella, el nostre jove conserge és com la senyoreta Schulte-Stratmann per al Fred. És clar que la meva germana no ho admetria mai. Però jo la conec massa bé per saber que el senyor Pedel li agrada.

—Oh, algú vol parlar! Quina sorpresa més agradable! —va exclamar el senyor Kurzweiler—. Què hi ha, estimat senyor Pedel?

El nostre conserge va escurar-se el coll.

—M'agradaria repetir de nou la meva proposta, senyor Kurzweiler. No seria més útil que els alumnes fessin un parell de treballs de reparació durant la setmana cultural? Sota la meva supervisió, naturalment. Hi ha tantes coses a fer! Per exemple, caldrien...

—Ho sé, ho sé, estimat senyor Pedel! —va interrompre'l el senyor Kurzweiler aixecant les mans—. La nostra escola es troba en un estat molt dolent! Malauradament ens falten diners per poder emprendre les reparacions! Així i tot, voldria dedicar la nostra setmana cultural al medi ambient! Per motius pedagògics! Ho entén, oi?

El senyor Pedel va pronunciar alguna cosa que no es va entendre i va ficar-se les mans a la butxaca.

—El senyor Pedel té raó —va dir l'Estefi—. Un dia d'aquests ens caurà l'escola al damunt!

—És clar que té raó el senyor Pedel —va dir el Charly amb un somriure irònic ben ample.

Ara va ser l'Estefi qui va pronunciar alguna cosa que no es va entendre i va ficar-se les mans a la butxaca.

Quan el senyor Kurzweiler finalment ens va deixar anar i ens va desitjar una bona i enriquidora

setmana cultural, es va sentir a tota la sala d'actes com tothom respirava alleujat.

—Després d'haver-ho aconseguit, ara ens en podem anar —va dir el Gran Siggi quan ens vam reunir al voltant seu—. He dissenyat un pla —va desplegar un mapa.

—És que s'ha fet alumne del Charly? —va comentar-me l'Estefi.

El Gran Siggi ens va ensenyar en el mapa el camí que volia fer amb nosaltres pel bosc per recollir escombraries. Si realment era tan lluny, tal com es veia en el mapa, tornaríem tots amb butllofes als peus. M'hauria estimat més fer classe amb la professora Schulte-Stratmann.

El Gran Siggi ens va dividir en grups. Cadascun dels grups anava equipat amb un sac d'escombraries on havíem de ficar el nostre «botí». Naturalment, un dels grups el formàvem l'Estefi, el Fred, el Charly i jo.

—I ara repartiu-vos una mica! —va exclamar-nos el Gran Siggi, quan vam arribar a l'entrada del bosc.

Els grups armats amb els sacs d'escombraries van obrir files. Tots van intentar allunyar-se tant com van poder del nostre tutor. Al cap i a la fi, la majoria volia divertir-se una mica. Només el Charly es va enganxar immediatament als talons del Gran Siggi.

—Eh, tio, eh! És que has de carregar sempre amb ell? —va xiuxiuejar-li el Fred.

—És clar que sí —va respondre el Charly—. Al capdavall hem d'acabar un encàrrec.

D'aquesta manera se'n va anar caminant amb passes llargues al costat del nostre tutor.

—Un bosc bonic! —va exclamar entre el cant dels ocells—. I quin aire més bo!

El Gran Siggi va quedar-se mirant el Charly amb les celles alçades.

—No parlis per parlar, Charly. Què vols?

—No res! —va exclamar el Charly amb un to innocent—. Només vull conversar amb vostè una mica. Quan es té aquesta ocasió?

Les celles del Gran Siggi es van alçar una mica més amunt encara.

—A classe, per exemple.

—Aaah... Sí..., és clar. Però allà en gran part es tracten qüestions específiques, en certa manera. Però quan es pot conversar en privat?

El Gran Siggi va agafar aire.

—Ves per on, de manera que vols parlar amb mi en privat. Què t'interessa?

—Li agrada prendre aire fresc?

—Naturalment. A qui no?

—De manera que li deu agradar molt passejar. Amb el seu... bonic vestit verd.

—No és cap vestit sinó l'uniforme de la nostra associació local de muntanyisme. En sóc soci. Ja estàs content, Charly?

—Vostè és membre d'una associació de muntanyisme? És genial! —va exclamar el Charly emocionat—. I on fan excursions?

De cop, el Gran Siggi es va aturar i va posar els seus punys enormes fent nanses.

—T'ho pregunto per última vegada, Charly: què vols? Digues! I després m'agradaria gaudir d'aquest dia! El bonic bosc, l'aire fresc i, sobretot, la TRANQUIL·LITAT!

El Charly va fer un pas enrere de l'ensurt.

—Aaah... Vostè té un jardí?

—Perdona?

—Només m'agradaria saber si vostè té un jardí. Això és tot —va dir el Charly amb veu fluixa.

—Sí, en tinc un, de jardí —va dir el Gran Siggi perillosament baix—. Allà hi ha molt aire fresc. Però el més bonic de tot és que no hi ha alumnes que diuen constantment bajanades!

D'aquella manera va deixar plantat el Charly i se'n va anar d'allà amb les cuixes de jugador de futbol movent-se amunt i avall i amb la ploma. El vam seguir deixant una distància de seguretat, també el Charly.

—Has estat fantàstic, Charly —va dir l'Estefi uns minuts més tard—. I sobretot tan discret!

—Sempre queixant-te! —va esbufegar el Charly—. Us hi assembleu. A veure si canvieu. El cas és que ara sabem que té un jardí. El podem afegir a la nostra llista d'objectes sospitosos.

—No hi deus voler anar, oi? —vaig exclamar—. Si el Gran Siggi ens enxampa al seu jardí, ens farà miques i ens amagarà al seu barret d'excursionista.

—No tinguis por, Ravenet —va replicar el Charly—. No ens hem de deixar enxampar.

Com que no volia semblar de nou un caguetes, no vaig dir res.

A més a més, aviat tindríem un altre problema.

—Fa una hora que voltem pel bosc i no hem descobert ni un gram d'escombraries! —va rondinar l'Estefi.

Els altres grups també anaven fent voltes amb els sacs d'escombraries buits. A poc a poc, el nostre tutor es va posar nerviós, anant de grup en grup.

—Mantingueu els ulls ben oberts! —va exclamar—. Tothom sap que molta gent deixa la brossa al bosc.

—Quina gent? —va preguntar l'Estefi en veu baixa—. Probablement som els primers humans en deu anys en aquest bosc.

—Eh, tios, eh! —va exclamar de cop i volta el Fred i va sortir corrents.

En aquell mateix moment, l'Òliver va venir corrents des de l'altra banda i es va llançar a terra davant del Fred.

—La tinc! —va cridar.

—Eh, tio, eh! —va escridassar-li el Fred—. Jo l'he vista primer!

Amb un somriure triomfant, l'Òliver es va aixecar de terra. El seu jersei i els seus pantalons semblaven com si s'hagués arrebossat a la fossa de terra vegetal de la senyoreta Schulte-Stratmann.

—Veure no vol dir trobar —va dir ell.

—Eh, tio, eh! —va exclamar de nou el Fred i es va llançar damunt de l'Òliver.

I tots dos van acabar tirats pel terra. El Fred intentava treure alguna cosa de la mà de l'Òliver, però la tenia ben agafada. Va passar una estona fins que vam reconèixer per què es barallaven.

—Una llauna de Coca-Cola! —va gemegar l'Estefi—. No m'ho puc creure! Tots dos s'estan barallant per una llauna de Coca-Cola buida!

Per a la resta de la classe, la baralla va ser una distracció benvinguda. Al cap i a la fi, la nostra excursió havia resultat fins aleshores molt avorrida. Una part dels espectadors animava el Fred; l'altra, l'Òliver.

Llavors va obrir-se pas una cosa verda entre la multitud: el Gran Siggi. Amb les seves mans enormes, com si fos una grua, va agafar el Fred i l'Òliver i els va enlairar. Va agafar aire per llançar un reguitzell d'insults a tots dos. I probablement hagués fet caure les fulles dels arbres. Però aleshores la seva mirada es va dirigir a la llauna de Coca-Cola. Semblava que la seva fúria s'havia calmat.

—Una llauna! —va sospirar—. Heu trobat una llauna buida. Molt bé, nois. Això és un començament! De segur que ara en trobem més!

—Eh, tio, eh! Jo l'he vist primer!

—Però jo l'he agafat! —va exclamar l'Òliver.

El Gran Siggi va moure el cap negativament.

—No importa qui l'hagi trobat. Al capdavall formem un equip!

D'aquella manera va ficar la llauna al seu sac.

—Eh, tio, eh! I jo l'he vist primer! —va esbufegar el Fred mentre caminàvem de nou pel bosc.

L'Estefi va mirar de dalt a baix el Fred.

—Amb la fila que fas no hauries d'anar tot sol pel bosc —va afirmar—. Si no, encara t'adoptarà un porc senglar.

—Molt graciosa! Vigilaré amb la llauna següent!

Des d'aquell moment, el Fred no va perdre de vista l'Òliver. Però tot plegat no va caldre. No vam trobar res que s'assemblés gens ni mica a escombraries. Fins i tot algú va proposar recollir fulles, que serien brossa orgànica.

El Gran Siggi va fer que no amb el cap tan fort que li va relliscar el barret.

—No penso ser la riota dels meus companys! Ja és prou vergonyós el fet que només haguem trobat una trista llauna.

—Que continuarem buscant encara més? —va preguntar l'Estefi, com si ho fes per tots nosaltres.

—No. Anem cap a casa. Això no té ni cap ni peus. Demà haurem de rumiar una altra cosa.

—Eh, tio, eh! És que demà no tornarem al bosc? —va exclamar el Fred.

La desil·lusió era evident en la seva veu.

—Sí, què et penses? —va esbufegar-li el nostre tutor—. Que potser et penses que em vull posar en evidència a la festa de l'escola?

El Charly va alçar la mà.

El Gran Siggi el va mirar amb les celles arrufades.

—No ho diguis, Charly. No ho diguis!

—Aaa... què vol dir, senyor Schlüter? —va preguntar el Charly—. Només volia recordar-li la meva proposta...

—Acabo de dir que no ho diguis! —va cridar-li el Gran Siggi.

L'Estefi va moure el cap negativament.

—No n'aprendrà mai —va dir fluixet—. Mai!

Malgrat que la nostra classe estava d'excursió, la tornada va transcórrer força tranquil·la. D'una banda estàvem cansats, de l'altra no volíem empipar més el nostre malhumorat tutor.

Però aleshores es va posar interessant, almenys per a mi.

—Allà darrera hi ha la senyoreta Schulte-Stratmann amb la seva classe! —va exclamar algú—. Que deuen haver recollit res?

Els nostres companys de penes semblaven estar més cansats que nosaltres. De fet, caminaven més lentament. Poc després, les nostres classes es van trobar l'una davant de l'altra com si fossin dos ramats d'ovelles, amb els nostres pastors al davant. Em vaig posar a l'ombra del Gran Siggi i vaig esperar que m'amagués completament.

—Hola, senyor Schlüter —va saludar la passió

del Fred al Gran Siggi i li va somriure una mica insolent.

—També d'excursió de setmana cultural? —va preguntar el Gran Siggi amb els braços caiguts.

La senyoreta Schulte-Stratmann va assentir amb el cap.

—I vostè?

Ara assentia el Gran Siggi.

—Quin és el seu tema?

—Coses del bosc i del camp —va sospirar la senyoreta Schulte-Stratmann—. Vull recollir coses del bosc i del camp per a poder-les vendre després a la festa de l'escola. Avui hem recollit herbes salvatges.

—Bona idea —va afirmar el Gran Siggi.

Que potser sentia una espècie d'enveja en la seva veu?

—Heu tingut èxit? —va preguntar ell.

La senyoreta Schulte-Stratmann va tornar a sospirar i va mostrar al Gran Siggi una galleda petita. Era tan petita que tot just me'n vaig adonar en aquell moment. Com que estava just rere el Gran Siggi, vaig

poder veure que el fons de la galleda estava cobert amb alguna cosa verda.

La senyoreta Schulte-Stratmann va moure el cap.

—No ho entenc. Ens hi hem esforçat tant.

De cop, el nostre tutor va recuperar el bon humor.

—Au, va! No pateixi, col·lega! Demà tindrà més sort!

—I vostè? —va preguntar la senyoreta Schulte-Stratmann—. Ha tingut vostè més èxit?

—Bé... així, així. Ara ens n'hem d'anar. Au, va, nois!

Mentre passàvem pel costat de la senyoreta Schulte-Stratmann, vaig continuar al costat del Gran Siggi. No va servir de res.

—Ah, Òscar! —va exclamar la senyoreta Schulte-Stratmann quan ja ens havíem allunyat un bon tros—. Que podria parlar amb tu uns segons?

Vaig ensopegar de l'ensurt i de poc caic a terra.

—Sí! Més tard! —vaig aconseguir respondre malgrat tot.

5
Cinquè escàndol: s'esbomba un secret!

Mentre continuàvem caminant, vaig sentir damunt meu la mirada del Fred.

—Eh, tio, eh! Tens alguna idea de què deu voler la senyoreta Schulte-Stratmann de tu? —va preguntar finalment.

—Ni idea —vaig respondre sense mirar-lo.

—Potser vol demanar al Ravenet que es casi amb ell —va afirmar l'Estefi.

—Eh, tia, eh! No em fa cap gràcia!

—Ja m'ho imagino —va somriure l'Estefi amb ironia.

Exceptuant la classe de la senyoreta Schulte-Stratmann, aparentment érem els últims a superar el primer dia de la setmana cultural. En qualsevol cas, al pati de l'escola no hi havia ni una ànima, tret de la senyoreta Rotkehl i el guapo del Gerard, que s'estaven allà drets conversant.

—Aquesta és una bona ocasió per descobrir si tenen jardí o no —va dir-nos el Charly.

—No deus voler tornar a...

—És clar que sí! —va interrompre el Charly la meva germana—. Al cap i a la fi encara ens calen més objectes sospitosos!

El Charly va vacil·lar encara uns instants més, llavors va dirigir-se cap als professors. El Gran Siggi havia tocat el dos en un tres i no res. Probablement temia que la senyoreta Rotkehl i el guapo del Gerard li preguntessin pels resultats amb les escombraries. Ni dels seus alumnes n'hi havia rastre, llevat de nosaltres.

—Mira! Mira! Els nostres detectius! —va saludar-nos el guapo del Gerard, i és que de mica en mica gairebé tot el professorat sabia de l'existència de Charly & Company gràcies al Charly—. Què? Heu trobat un parell de cadàvers al bosc?

Al guapo del Gerard li agrada fer broma, sobretot a costa dels alumnes. Per això ell és l'únic que riu.

—No, però l'aire fresc ens ha vingut força bé —va respondre el Charly impassible.

—Aquests són els avantatges d'una setmana cultural com aquesta! —va exclamar la senyoreta Rotkehl amb una veu que de segur se sent rere una paret de dos metres de gruix—. Molt aire fresc i moviment! I a més, una cançoneta als llavis!

La nostra professora de Música va agafar aire.

—Aaa... potser no hauríem de cantar ara, col·lega. És la pausa del migdia —va dir ràpidament el guapo del Gerard, empal·lidint.

—Exacte! —va ficar-se pel mig el Charly—. És molt millor cantar a la tarda. Quan s'està tot sol, per exemple a la...

—I qui és el qui ha de cantar? —va interrompre'l el guapo del Gerard—. Jo?

El Charly el va mirar espaterrat i va arronsar les espatlles.

—Sí, per exemple. O la senyoreta Rotkehl, o tots dos plegats. Es podrien veure al seu jardí.

L'Estefi va girar-se donant-los l'esquena i es va mossegar els llavis. Fins i tot el Charly es va adonar que se li havia escapat una cosa que millor que no hagués dit.

De fet, una de les ocupacions preferides del nostre professor de Matemàtiques és la de flirtejar amb les professores. De primer, va provar sort amb la senyoreta Schulte-Stratmann. Però ella ja li havia donat carbasses en més d'una ocasió, fins i tot davant nostre. Aleshores va buscar la seva següent víctima. Gairebé tothom a l'escola en parlava, probablement també els professors, perquè d'altra manera ni la senyoreta Rotkehl ni el guapo del Gerard no haurien reaccionat tal com ho van fer.

—Què pretens insinuar? —va exclamar la senyoreta Rotkehl tan fort que va fer un gall.

Només qui hagi estat alguna vegada al costat d'una serra mecànica sap el que vol dir això.

El Charly va vacil·lar. No es va adonar de l'ona sonora.

—Insinuar? —va preguntar—. No res! Només el jardí. Terra. Entén? La festa de l'escola.

Em vaig espantar. Que potser la veu de la senyoreta Rotkehl havia provocat danys irreparables al cervell del Charly?

Llavors, el nostre cap va fer un gest negatiu amb el cap.

—Volia dir que potser vostè s'estimaria més cantar a la tarda al seu jardí.

—Jo no en tinc, de jardí!

Aquest cop, el Charly estava preparat. Es va tapar amb les mans les orelles. No obstant això, el guapo del Gerard va començar el seu atac contra el nostre pobre cap. Va ajupir-se cap al Charly.

—Sembla que als nostres alumnes no tan sols els interessen els casos criminals sinó també la vida privada dels seus professors —va dir molt baix.

No el vaig entendre gens. Gairebé sonava com el xiuxiueig d'una serp.

—La vida privada? No és veri-

tat, senyor Brinkmann! —va protestar el Charly—. Només ens interessen els jardins! L'aire fresc i tota la pesca!

—Sembla que això no et va gaire bé, amic meu —va xiuxiuejar la serp—. Per això jo no en tinc, de jardí. M'agrada més l'aire carregat de la classe. Quan la setmana vinent siguem allà i ens dediquem a les boniques Matemàtiques, en podrem parlar amb més calma.

El Charly va empassar saliva.

—És clar, senyor Brinkmann. Serà un plaer.

—Me n'alegro —d'aquesta manera va concloure la conversa.

La senyoreta Rotkehl va llançar una mirada severa al Charly, va moure el cap i se'n va anar.

—Eh, tios, eh! Per sort no ha tornat a cridar —va sospirar el Fred.

—En qualsevol cas ara sabem que cap dels dos en té, de jardí —va dir l'Estefi—. Ben fet, Charly. Quin *profe* voldràs interrogar ara?

El Charly va mirar la meva germana una bona estona.

—Em penso que ja tenim prou objectes —va dir a continuació—. Tampoc no cal que exagerem.

—Que exagerem? —va preguntar l'Estefi simulant sorpresa—. Que potser has exagerat tu alguna vegada, Charly?

—Està bé! —va exclamar el Charly—. Ja no em ve de gust doblegar-me més davant dels *profes!*

Mentre reia, algú em va picar a l'espatlla. Quan em vaig girar, de l'ensurt gairebé vaig cridar tan fort com la senyoreta Rotkehl. La senyoreta Schulte-Stratmann s'havia acostat silenciosament, sense que me n'adonés.

—Òscar, que tindries un momentet? M'agradaria parlar amb tu. Segurament saps de què.

Es va passar la mà per la panxa, que ja havia començat a agafar forma de bola.

—Sí! —vaig exclamar—. Vull dir, no! Aaa... no ho sé. De fet, hauria de tornar a casa!

La senyoreta Schulte-Stratmann va assentir amb el cap i em va somriure amablement.

—Sí, tens raó. Els pares et deuen estar esperant ja. En podrem parlar en un altre moment.

—Exacte! Més tard!

Si em pensava que podia donar per tancat tot aquell assumpte, anava ben errat.

—Eh, tio, eh! —va exclamar el Fred quan se'n va anar la senyoreta Schulte-Stratmann—. Per què no vols parlar amb ella? Què carai vol de tu? I per què s'ha passat la mà per la panxa?

—Te n'has adonat? —va preguntar la meva germana.

—Eh, tia, eh! És clar! Però què té a veure el Ravenet amb la seva panxa?

Vaig recordar una frase que el pare em va dir una vegada perquè sempre ho permeto tot: «L'atac és la millor defensa!»

—Ostres, Fred! —vaig cridar-li—. No m'empipis! No sé per què ho ha fet. Al cap i a la fi no és fill meu!

—Eh, tio, eh! —va dir el Fred.

Llavors va callar i jo em vaig quedar tranquil. Els pares sovint tenen raó.

Quan tornàvem a casa, l'Estefi va estar molt callada. Esperava que el motiu fos el seu cansament.

Quan gairebé érem a casa, vaig saber que m'havia equivocat.

—Digues, germanet, de debò que em prens per una ximple?

—Què t'empatolles? —vaig exclamar—. I no em diguis germanet!

—Ja saps el que vull dir. La senyoreta Schulte-Stratmann es passa la mà per la panxa i vol parlar amb tu. Tot plegat només pot voler dir una cosa.

—Ahà. Què? —vaig preguntar en veure que no continuava parlant.

—Doncs que va sentir el que et vaig dir ahir a l'escola i ara vol que tinguis cura del seu fill.

Sovint m'agradaria que la meva germana no fos tan intel·ligent. Sabia que no tenia més sentit negar-ho.

—Sí, és veritat —vaig dir—. Ella és qui va trucar ahir al vespre. Puc donar les gràcies a la teva bocassa per tot plegat!

L'Estefi va arronsar les espatlles.

—Ho sento. No en tenia ni idea. Però com és que ho portes tan en secret?

Em vaig aturar.

—Imagina't el que hauria d'escoltar si algú em veiés amb el fill de la nostra professora de Biologia!

—Així doncs, no et ve de gust —va dir l'Estefi.

—Naturalment que no!

—Llavors, ahir al vespre li vas dir que no?

Vaig mirar la meva germana i ella a mi.

—No ho vas fer, oi? —va exclamar aleshores—. Li vas dir que faries de cangur del seu fill!

Només vaig poder assentir.

—Ostres, Ravenet! Per què sempre fas el mateix? Digues que no o assumeix les conseqüències!

—És molt fàcil dir-ho. A tu no et va trucar.

—A més, no t'entenc —va continuar burxant-me l'Estefi—. Tu ets molt bo fent de cangur. I tampoc no t'anirà malament aconseguir un parell de punts extra amb la senyoreta Schulte-Stratmann.

No vaig afegir res més. Vaig haver de reconèixer dintre meu que tenia raó. És el que més m'empipava!

De sobte, l'Estefi va esclatar a riure.

—Has vist com estava de gelós el Fred? De segur que donaria el que fos per ser al teu lloc!

Tot i que no volia, jo també vaig riure.

L'Estefi va passar-me el braç pel coll.

—Bé, germanet, què és el que penses fer?

—No ho sé. M'ho he de rumiar.

És el que realment vaig fer tota l'estona fins que vam arribar a casa, tot dinant, mentre feia els deures i de camí a l'hort.

Quan el Charly ens va rebre allà amb el bloc de notes, encara no ho sabia. Tenia por de debò de no tenir ni un minut més de tranquil·litat si algú se n'assabentava. D'altra banda, la senyoreta Schulte-Stratmann em queia bé i els diners em vindrien la mar de bé. Què havia de fer?

—He mirat el mapa de la ciutat i he buscat el millor camí —va saludar-nos el nostre cap—. Primerament anirem a casa del Gran Siggi, després a la del senyor Kurzweiler i per acabar a la de la senyoreta Schulte-Stratmann.

Vaig arronsar les espatlles. Només sentir el nom m'espantava. D'altra banda, però, em vaig alegrar que el Charly hagués escollit de primer el Gran Siggi. Que m'enxampés ell és el que menys por em feia.

Quan ens vam plantar davant de la casa del Gran Siggi (el Charly va trobar l'adreça a la guia de telèfons), va sospirar decebut.

—Una casa unifamiliar! Com entrarem al jardí?

—Podríem picar i preguntar si ens pot deixar agafar uns grapats de terra —va proposar l'Estefi.

—Eh, tia, eh! Que t'has tornat boja?

El Charly va mirar el Fred i va fer un gest negatiu amb el cap.

—T'ho creus tot! Jo ja tinc un pla. Anirem al carrer paral·lel del darrere i ens hi ficarem d'amagat.

—Un pla genial —va afirmar l'Estefi.

Tot seguit jèiem de bocaterrosa i intentàvem mirar el jardí del Gran Siggi a través d'uns matolls.

—Eh, tios, eh! —va murmurar el Fred—. Que ho heu sentit?

El Charly va assentir.

—Sona gairebé a música.

—A mi això em recorda més aviat el clàxon del cotxe del meu pare.

Ens vam arrossegar un tros més fins que vam

poder reconèixer el que hi havia rere els matolls. El jardí era gairebé més petit que el dels meus pares. I això bé deu voler dir alguna cosa. Així i tot, el Gran Siggi es va construir al darrere de casa seva una terrassa. A través de la porta de la terrassa vam poder veure l'interior de la casa. El Gran Siggi estava assegut a la butaca com si fos un tron i davant d'ell una dona que era, si fa no fa, tan alta i tan ampla com ell. No va ser gens difícil de deduir que deuria ser la seva dona. Darrere seu estaven asseguts al sofà tres nens que sorprenentment s'assemblaven al nostre tutor.

Aquell no va ser, però, el motiu pel qual la meva germana va murmurar al meu costat:

—Em penso que m'estic tornant boja.

El Gran Siggi i la seva dona tenien una tuba a la falda, que els quedava bé, és a dir, tan gran com ells! Tocaven d'oïda una melodia que em va recordar moltíssim les nostres últimes vacances. Aleshores els pares ens van portar a l'Estefi i a mi a una festa de tir.

—Música amb el professor Schlüter. Fantàstic! —va dir l'Estefi.

—Eh, tios, eh! Pobres nens!

—Sembla que estan ben contents —vaig replicar.

—És probable que s'hagin tapat les orelles d'amagat amb cotó —va dir l'Estefi.

—No sé què us passa —va dir el Charly—. És una ocasió favorable...

No va poder dir res més, ja que el Preciós, el

qual havia portat naturalment el Fred, va alliberar-se. Va saltar dels braços del Fred i va dirigir-se corrents a la porta de la terrassa.

—Preciós! Eh, tio, eh! Vine aquí! —va exclamar el Fred de primer en veu baixa, i després cada cop més fort.

Per sort, els Schlüter no van deixar de torturar els seus fills:

—Rumtata! Rumtata!

D'altra banda, el nostre gos va ignorar completament els crits desesperats del Fred. Es va posar dret sobre les potes del darrere, les del davant van aterrar a la porta de la terrassa, movia la cua i gemegava el que produïa la seva gola de gos.

—Eh, tios, eh! —va exclamar el Fred amb els ulls brillants—. Li agrada la música.

—Tant me fa! —vaig cridar-li—. Si el Gran Siggi el descobreix, ja ens podem calçar!

—Aleshores millor que toquem el dos —va proposar el Charly.

—Quan el Gran Siggi ho deixi estar, ja ens trobarà el Preciós.

—Ni parlar-ne! —va exclamar el Fred—. M'estimo més agafar-lo jo en persona!

El Charly va somriure irònic.

—Bé. Aleshores pots agafar de passada mostres de terra.

D'aquesta manera li va donar a la mà una de les bosses de plàstic i la pala.

—Eh, tio, eh! —va dir el Fred, i se'n va anar.

L'Estefi va mirar el Charly gairebé sorpresa.

—De vegades ets molt astut.

—Si el Gran Siggi enxampa el Fred, ja no ho diràs mai més, això —vaig replicar.

Vam observar el Fred amb l'ai al cor. Duia la pala i la bosseta agafades entre les dents i s'arrossegava de quatre potes cap a la porta de la terrassa.

6
Sisè escàndol: el gos destorba la música de la casa!

No vaig treure la vista del damunt al nostre tutor. Mirava la partitura. Si hagués aixecat el cap, hauria descobert el Fred o almenys el Preciós. Com més s'apropava el Fred al nostre gos, més endins ficava la panxa. A penes podia continuar cap endavant.

—Espero que es recordi de les mostres de terra —vaig sentir que murmurava el Charly al meu costat.

Finalment, el Fred va arribar on era el Preciós. Tanmateix, tot plegat encara no s'havia solucionat. El Preciós no tenia ni la més mínima intenció de separar-se de la música del Gran Siggi. Cada cop que el Fred intentava apartar-lo de la porta de la terrassa, picava amb les potes. Va haver-hi un moment que fins i tot va bordar.

—Això no té cap sentit —va cridar el Charly al Fred—. Espera't que faci una pausa. Agafa de primer la mostra!

El Fred va mirar el Charly. La seva mirada va ser tot menys amable. Però aleshores va tornar arrossegant-se i va omplir la bosseta amb terra.

—Espero que hagi excavat prou profundament —va afirmar el Charly.

—També hi pots anar tu i ajudar-lo —va proposar l'Estefi.

Quan el Fred va tornar a la porta de la terrassa, el Gran Siggi i la seva dona encara estaven enfeinats amb la música i el Preciós encara udolava. Estava ben exaltat.

Després de dos intents sense èxit d'apartar el Preciós de la sala d'estar del Gran Siggi, el Fred semblava estar-ne ja fins als nassos. Més ràpid del que mai m'hauria pensat d'ell, va fer un salt, va agafar el Preciós i va córrer cames ajudeu-me pel jardí. Sense tenir en compte ni el Preciós ni els matolls del Gran Siggi, s'hi va llançar i de sobte es va plantar al costat nostre. Com que el jardí era tan petit, tot plegat va passar tan ràpid que no vam tenir temps d'assimilar el que havia passat.

—Eh, tios, eh! —va cridar el Fred—. Toquem el dos!

En aquell moment el Gran Siggi i la seva dona van deixar de tocar. Allò va ser el tret de sortida. Vam sortir corrents. No puc recordar si mai havia corregut tan ràpid. La senyoreta Schulte-Stratmann, amb qui fèiem gimnàstica, segurament s'hauria alegrat per mi.

—Que no ens podies haver avisat o què? —va queixar-se el Charly després de posar-nos fora de perill uns quants carrers més enllà.

—Eh, tio, eh! I com vols que ho fes?

—Ha sortit tot bé —va replicar l'Estefi.

El Charly va fregar-se les mans.

—I fins i tot tenim les mostres de terra!

Aquest sí que s'havia preocupat!

—Han deixat de tocar! —vaig exclamar—. I si el Gran Siggi ens ha reconegut?

—Això ho sabrem com a molt tard demà a primera hora —va respondre l'Estefi ficant-se els dits a les orelles—. Em penso que mai no em podré treure del cap aquesta melodia!

—No creus que ja en tenim prou? —vaig preguntar al Charly, el qual anotava en aquell moment el codi secret a la bosseta.

El Charly em va mirar amb indiferència.

—Que t'has begut l'enteniment? A la meva llista encara hi ha dos objectes més. I els anirem a buscar. A més, el següent és el senyor Kurzweiler. És inofensiu.

—Te'n recordes encara, del Mandonguilleta? —va preguntar-me l'Estefi de camí a la casa del director de la nostra escola.

I tant que me'n recordava. El Mandonguilleta era el peix que havia criat el senyor Kurzweiler. El nostre director n'està força orgullós. Fins i tot diu que el Mandonguilleta li somriu quan torna a casa després de l'escola. Precisament al Mandonguilleta de poc li vam aconseguir un lloc al cel dels peixos en un dels nostres darrers casos. M'alegrava saber que només volíem entrar al jardí del senyor Kurzweiler i no al seu soterrani, que tenia ple d'aquaris.

Quan gairebé ja hi havíem arribat, el Charly va aturar-se de cop i volta.

—Un de nosaltres hauria d'anar al davant i sondejar la situació.

—Que què? —va preguntar el Fred.

El Charly va posar els ulls en blanc.

—Ja hi vaig jo.

Poc després va tornar.

—Tot clar. Via lliure. No sembla que hi hagi ningú a casa.

Semblava que podríem agafar la prova següent sense perill. Almenys era el que desitjava.

—Vigila el Preciós! —va esbufegar el Charly al Fred quan érem davant del jardí del senyor Kurzweiler.

—Eh, tio, eh! Què et penses que faig tota l'estona?

El Fred duia de nou el nostre gos en braços. L'agafava amb més força que mai. I no li treia la vista de sobre. Per això no es fixava per on anava.

—Eh, tios, eh! —vaig sentir-lo cridar just quan el Charly havia començat a excavar.

El Fred havia ficat la cama dins d'un dels estanys del nostre director.

Potser l'aigua era massa freda o el Fred s'havia espantat moltíssim. El cas és que va deixar anar el Preciós, que va xiular i a continuació va començar a saltar dins de l'aigua entre els peixos daurats del senyor Kurzweiler. Va desaparèixer uns instants, llavors va tornar a aparèixer.

—Preciós! —va cridar el Fred, va ajupir-se i va pescar el nostre gos de l'aigua.

Ningú no hauria pogut llançar al Fred una mirada amb més retrets.

—No pot ser veritat! —va gemegar el Charly, però va continuar excavant terra amb la pala.

Quan el Charly va haver recollit prou terra, ens en vam anar. El Fred va venir un bon tros darrere nostre. A cada pas que feia se sentia un soroll com quan algú fica el peu dins una galleda plena d'aigua.

—Eh, tios, eh! Atureu-vos! —va exclamar el Fred quan vam girar per una cantonada—. He d'assecar el Preciós abans no es refredi.

Amb el Preciós en braços va assecar-lo amb la màniga. Encara gotejava com una galleda amb forats.

—Fred! —va gemegar l'Estefi—. Però què fas? El Preciós ho pot fer tot solet!

—A sí? I com?

—Deixa'l a terra.

El Fred va vacil·lar uns instants, però tot seguit va deixar anar el seu estimat gos. El Preciós va començar immediatament a espolsar-se. L'aigua va esquitxar pertot arreu i ell anava mirant ofès el Fred.

En acabar, el Charly es va posar davant seu i va ajupir el cap:

—Ara sí que sembla una escombreta de lavabo!

—Eh, tio, eh! Retira això! —va exclamar el Fred mentre escorria els mitjons.

—Fes-me un favor i mantén-te allunyat de la senyoreta Schulte-Stratmann —va dir el Charly.

—Encara que et costi molt —va afegir la meva germana amb ironia.

De camí cap a casa de la nostra professora de Biologia vaig pensar que ja havíem resolt un munt de casos. En un d'ells, vam vigilar la casa de la senyoreta Schulte-Stratmann durant molts dies i de sobte la nostra professora de Biologia va desaparèixer.

El Charly no va permetre aquesta vegada que ningú «sondegés la situació» tret d'ell.

—Merda! —va exclamar en tornar—. És a casa. Fins i tot és al jardí. En banyador!

—De debò? —va exclamar el Fred amb les orelles vermelles.

—Aleshores tornem a casa —vaig proposar—. Ja en tenim prou, de mostres de terra.

El Charly no va respondre, sinó que va ficar les mans a les butxaques dels pantalons mentre anava d'un cantó a l'altre davant nostre.

—No ens rendirem tan ràpid! —va exclamar de sobte—. Ja sé com actuarem.

—M'ho temia! —va gemegar l'Estefi—. I ens penses dir com?

—És ben fàcil. Un de nosaltres pica al timbre. Quan ella obri la porta, la distreu fins que haguem agafat la mostra.

—Eh, tio, eh! I què li hem de dir quan pregunti per què hem picat?

—Ni idea —va dir el Charly indiferent—. Tampoc no cal. De fet, volia parlar amb el Ravenet. Així que trucarà ell al timbre.

—Jo? —vaig exclamar massa ràpid i massa fort també—. Però si no sé què vol de mi.

—Doncs ara ho sabràs. No tenim cap altra excusa millor. Bé, doncs, què esperem?

Havia caigut en la trampa. Tant era el que digués, només em convertiria en sospitós. D'altra banda, però, aconseguiria saber el que la senyoreta Schulte-Stratmann volia de mi sense que els meus amics ho sentissin.

El Fred, però, va tornar a intentar-ho.

—Si el Ravenet no vol, jo hi podria trucar. A mi se m'acut una cosa!

—Ni parlar-ne! —va exclamar de seguida el Charly—. Tu et mantens al marge, tal com hem parlat.

El Fred va rondinar alguna cosa que no es va entendre, i em va deixar anar.

Vaig haver d'agafar aire un parell de cops abans d'atrevir-me a trucar al timbre.

Quan la senyoreta Schulte-Stratmann va obrir la porta, s'havia posat un barnús. A mi ja m'estava bé.

—Òscar! —va exclamar—. Amb tu no hi havia comptat! Com és que has vingut?

—Vostè... vostè va dir que volia parlar amb mi. I com que passava per aquí doncs...

—Molt bé! —va interrompre la senyoreta Schulte-Stratmann la frase que m'havia pensat abans—. Vols passar un momentet?

Se'm va aturar el cor.

—No! No!... Vull dir, no cal. No tinc gaire temps.

—Entesos. Només volia preguntar-te quant demanes per fer de cangur.

—El que demano? Vol dir diners?

—És clar! —va riure la senyoreta Schulte-Stratmann—. O potser et pensaves que et vull pagar amb xocolata?

—No, naturalment que no —vaig dir sentint que em posava vermell.

—Bé doncs, quant demanes per una hora?

—Sincerament, encara no hi havia pensat.

Els diners eren en aquell moment l'última cosa que m'amoïnava.

—Havia pensat en sis euros l'hora —va dir la senyoreta Schulte-Stratmann—. En tens prou?

—És clar que sí! —vaig exclamar de seguida.

Volia anar-me'n. D'altra banda, m'alegrava molt, ja que sis euros no estan pas malament.

La senyoreta Schulte-Stratmann em va somriure radiant.

—Aleshores estem d'acord. Molt bé!

—Bé, doncs, ja me'n puc anar. A reveure.

—A reveure, Òscar. I gràcies per haver vingut.

—De res —vaig dir a la porta tancada.

Si abans potser hagués tingut una oportunitat per poder sortir d'aquell assumpte, ara ja era massa tard. Tindria en braços el fill de la senyoreta Schulte-Stratmann. I amb ell un munt de problemes!

El Charly, el Fred i l'Estefi ja m'estaven esperant. Vaig mirar la meva germana però no vaig poder dir-li res. Tant de bo pogués ser per una vegada tan tranquil com ella!

El Charly em va picar a l'espatlla.

—Ben fet, Ravenet. Ja tenim la mostra! Un terra molt deixat. Molt sospitós!

—Eh, tio, eh! Què és el que volia parlar amb tu? —va preguntar el Fred.

Ui! En allò no hi havia pensat! Què havia de dir? La veritat? Vaig mirar de nou l'Estefi. Podia llegir amb exactitud el que pensava.

—Era pel darrer control de Biologia —vaig dir—. Ella... ella no ha pogut llegir ni una paraula.

No se'm va acudir res millor.

—I per això volia parlar amb tu? —va preguntar el Charly—. Si als meus exàmens no pot llegir ni una paraula, ho compta com a falta.

—Potser el Fred rep a partir d'ara un tracte especial per part de la senyoreta Schulte-Stratmann —va dir l'Estefi.

No se'n va poder estar!

—Eh, tio, eh! No ho pot fer!

—No sé per què m'ho ha preguntat! —vaig exclamar—. I ara deixeu-me en pau!

El Fred no va dir res més, però sabia que estava a punt d'esclatar d'enveja i curiositat.

El Charly, per contra, xerrava pels descosits. De camí a l'hort ens explicava, una vegada i una altra, de quina manera més professional havíem recollit les mostres de terra nosaltres, però sobretot ell.

Un cop a l'hort, el Preciós va ficar-se a la seva caseta. Probablement encara se sentia ofès. El Fred el va mirar conscient de la seva culpa.

—I ara què farem amb les mostres de terra? —va preguntar l'Estefi—. Si de debò volem saber si realment estan contaminades, les haurem de fer analitzar.

El Charly va enlairar el dit índex.

—Molt ben pensat, Estefi. I exactament això és el que farem!

—Eh, tio, eh! I on?

—Al laboratori de la policia.

7
Setè escàndol: els policies també es posen nerviosos!

El Charly s'havia tornat completament boig.

—Que t'has begut l'enteniment? —va exclamar l'Estefi—. De debò et penses que la policia...

—T'oblides que tenim molt bones relacions amb la policia —va interrompre-la el Charly.

Per una afortunada casualitat, el Charly va aconseguir que al nostre darrer cas poguéssim ajudar la policia. No sé exactament què és el que la policia pensa de nosaltres des d'aleshores, però segurament que no hi teníem «bones relacions».

—N'estàs del tot segur? —vaig preguntar-li per aquest motiu.

—És clar que n'estic, de segur.

—I de debò et penses que la policia analitzarà les mostres al seu laboratori? —va preguntar de nou l'Estefi.

El Charly va enlairar les mans.

—No ho sé! El cas és que ho hauríem d'intentar. Com més aviat millor!

Vaig mirar el rellotge.

—Ja és massa tard. Ens n'haurem d'anar aviat.

—No deu ser pas tan greu si un dia arribem una mica tard a sopar —va afirmar l'Estefi—. No m'ho perdria per res del món. Amb qui vols parlar a la policia? —va preguntar al Charly.

—Amb el senyor Stecker! Amb qui si no?

L'inspector Stecker és un dels policies que millor ens coneix, probablement millor del que voldria.

El Fred va intentar convèncer el Preciós perquè ens acompanyés a comissaria. Aquest, però, no es va estovar per abandonar la seva caseta. Així que vam fer via sense ell.

Quan vam obrir la porta del seu despatx després de sentir l'«endavant», es va aixecar d'un bot.

—Ho sabia! —va exclamar—. Aquest matí quan m'he llevat he sabut que avui en passaria una de grossa!

El Charly va fer una ullada al seu voltant.

—Una de grossa? Què vol dir, senyor Stecker? Robatori? Segrest? O fins i tot... assassinat?

El Senyor Stecker es va deixar caure a la seva cadira.

—No res de... bé, de moment.

Naturalment, el Charly va seure en una cadira per a visitants, va acostar-la a la taula i es va inclinar cap al comissari. Ens vam mantenir una mica al marge, com si no anéssim amb el Charly.

—El cas que avui li volem confiar no té res a veure amb cap delicte econòmic, no encara —va començar a explicar el Charly amb veu greu.

—Confiar un cas? Que ho he sentit bé? Tu vols confiar-me, a mi, un cas? —va exclamar el senyor Stecker tan fort que el Charly va tirar enrere la cadira.

—Aaa... no, no vull dir pas això, tan literal. De fet, volia demanar-li un favor. Més aviat, ajuda entre col·legues.

—Ajuda entre col·legues? Això és millor!

—Sí! Oi que sí? —va alegrar-se el Charly deixant damunt la taula una de les bossetes amb les mostres de terra—. Sap què és això? —va preguntar al policia.

—Si us plau —va exclamar el senyor Stecker—. No vull jugar! Aquí no som a la televisió!

—És una mostra de terra! Possiblement contaminada!

El senyor Stecker es va quedar una estona amb la boca oberta.

—Contaminada? Possiblement?

—Exacte! —va exclamar el Charly—. L'hem agafat de llocs sospitosos. La depuradora! L'antiga fàbrica!

—L'hort de la tieta Hilde! La fossa de terra vegetal de la senyoreta Schulte-Stratmann! Els jardins dels professors! —va afegir l'Estefi.

El Charly la va mirar severament.

—Sí, allà també. I per això volíem demanar-li si podria fer analitzar les mostres al laboratori de la policia. De verí! Ja m'entén, oi?

El senyor Stecker no va dir res. Es va aixecar de la cadira, va fer unes voltes al voltant de la taula i es va aturar just davant del Charly. Va somriure amablement al nostre cap. Sincerament, allò em va sorprendre.

—Tenim un comissari en cap aquí —va dir tot seguit al Charly.

—És clar, per això és una comissaria aquí!

—Molt llest —va dir el senyor Stecker i va somriure una mica menys amablement—. I aquest comissari és un home molt amable i simpàtic. Per aquest motiu vol que nosaltres els policies siguem amables i simpàtics amb els ciutadans, sobretot amb la canalla. D'aquesta manera, això és el que diu el comissari en cap, els nens confiaran en la policia quan siguin grans.

—Interessant —va dir el Charly i ens va mirar buscant ajuda.

Sabia tan poc com nosaltres on volia arribar el senyor Stecker.

—Com que sóc un bon policia i un funcionari honest faig el que el meu comissari em demana —va continuar el senyor Stecker—. Però sempre hi ha un límit! —va cridar de sobte—. I aquest límit l'acabes de traspassar! Per això ara mateix et dic de males maneres que agafis aquesta bossa de la meva taula i toquis el dos!

El Charly va aixecar-se d'un bot de la cadira.

—Però senyor Stecker! Jo...

—Però res! Si vols saber si això està contaminat, demana als Reis un joc de química o emprenya els teus mestres! I ara fora!

Crec que el Charly no havia sortit mai del despatx del senyor Stecker tan ràpid com aquesta vegada. L'Estefi, el Fred i jo ens vam afanyar a seguir-lo.

Uns minuts més tard érem fora al passadís encara en silenci.

—Saps què, Charly? —va dir aleshores l'Estefi—. Em penso que les teves relacions amb la policia acaben d'empitjorar una mica.

—Jo no sé tampoc què li passa avui! —va exclamar el Charly—. Deu haver dormit malament, suposo!

—Eh, tio, eh! I ara què fem? No fem analitzar les mostres?

El Charly va mirar el Fred, com si s'hagués begut l'enteniment.

—Deixar-ho córrer? Ets boig? Hem de pensar en alguna cosa. Segurament serà la propera ocasió! Demà se m'acudirà alguna cosa.

No vam haver d'esperar una nit sencera a la «propera ocasió». Més aviat un parell de segons. De fet, el comissari Kiebitz passava casualment per aquell passadís de la comissaria. És l'altre policia amb qui el Charly manté «bones relacions».

Quan ens va reconèixer, va intentar escapolir-se en un dels despatxos. Però ja era massa tard.

—Comissari Kiebitz! —va exclamar el Charly

al passadís—. Esperi! He de parlar urgentment amb vostè.

Allò del comissari amable i simpàtic devia ser veritat. El comissari Kiebitz es va aturar i ens va somriure. Semblava una mica forçat, al meu parer.

—Què puc fer per vosaltres, nois? —va preguntar.

El Charly va mirar al seu voltant.

—Que en podríem parlar al seu despatx, senyor comissari?

El comissari Kiebitz va mirar una llarga estona el Charly.

—Està bé —va sospirar—. Però no tinc gaire temps. Ja us ho dic ara.

—Serà un moment, senyor comissari! De debò! —va dir radiant el Charly.

El comissari Kiebitz va mirar sense entusiasme les vuit bossetes amb les mostres de terra que el Charly va deixar damunt la taula.

—I doncs? Què n'he de fer jo, d'això? —va preguntar a continuació.

—Analitzar-ho, senyor comissari! —va exclamar el Charly—. Són mostres de terra! Probablement contaminades! Estem rere un escàndol mediambiental! I segurament al seu laboratori deuen tenir tota mena de possibilitats!

El comissari va posar els ulls en blanc i va començar a assentir amb força. És el que sempre feia quan es posava nerviós.

—M'ho temia! —va gemegar.

—De debò? —va exclamar el Charly—. En té alguna pista? Sospitosos?

El comissari Kiebitz va moure negativament el cap.

—No he volgut pas dir això. Temia que em demanessis de nou alguna cosa que no et pogués concedir.

—Però per què no? —va preguntar el Charly gairebé plorós—. Vostè és el responsable de joventut de la policia. És que no té certes obligacions?

—Responsable de joventut! —va rondinar el senyor Kiebitz—. Sí, ho sóc, però no per gaire temps més. He demanat a un col·lega que em substitueixi.

—De debò? —va preguntar el Charly—. Però si ho fa a meravella.

—No, no! Ja sóc massa gran per a... una cosa així.

—I realment no pot fer que analitzin les mostres? —va preguntar de nou el Charly.

Era com si algú li hagués tret l'aire.

El comissari sacsejava el cap.

Però aleshores es va ficar la meva germana pel mig.

—Es tracta d'un treball per a la setmana cultural —va dir—. El tema és «El nostre medi ambient». Dissabte hem de presentar els resultats a la festa de l'escola. I nosaltres volem demostrar com n'està, de contaminat, el nostre sòl.

—Un treball per a l'escola. Medi ambient —va dir el comissari Kiebitz breument com si reflexionés—. I per què no m'ho heu dit abans?

—Això vol dir que farà analitzar les mostres? —va exclamar el Charly.

El senyor Kiebitz va mirar les vuit bossetes damunt de la seva taula, després el Charly i la meva germana.

—Entesos! Preguntaré als col·legues del laboratori què es pot fer. Però no us puc prometre res!

—Gràcies, senyor Kiebitz! Gràcies! —va exclamar el Charly—. I vostè ens avisarà tan aviat com se sàpiga que les anàlisis demostren les nostres sospites d'un escàndol mediambiental?

—Sí! —va gemegar el comissari Kiebitz—. I ara aneu-vos-en, si us plau! De debò que no tinc temps.

—Vostè és el responsable de joventut més guai —va dir el Charly en sortir—. Està segur que no vol continuar en el càrrec?

—No ho crec —va respondre el comissari Kiebitz en veu baixa.

—Eh, tios eh! I si el senyor Kiebitz no vol ser més responsable de joventut per nosaltres? —va preguntar el Fred en sortir de la comissaria.

El Charly va moure el cap negativament.

—No m'ho puc ni imaginar. El cas és que ens

n'hem sortit fantàsticament. Analitzaran les nostres mostres!

—Ens? —va preguntar l'Estefi.

—D'acord, TU! Però al capdavall som un equip! El Gran Siggi ho va dir!

Quan ens vam acomiadar del Charly i del Fred, l'Estefi i jo vam anar caminant en silenci l'un al costat de l'altre. No ens podíem creure que el Charly sempre aconseguís el que es proposava. I si no se'n sortia, aleshores l'ajudaven el Preciós o la meva germana, com aquesta vegada.

—Com és que no has explicat al Charly i al Fred el que la senyoreta Schulte-Stratmann volia de tu? —va preguntar l'Estefi sense que això vingués al cas.

Havia de començar precisament ara de nou amb tot plegat?

—No ho sé —vaig respondre.

—Ets un covard! De debò, Ravenet!

Ara sí que havia arribat massa lluny!

—Covard? —vaig escridassar-la—. No sóc cap covard! Només sóc cautelós! Això és el que sempre diu la mare! A més a més, jo ara no tindria aquest problema si tu no haguessis obert la teva bocassa!

—Ah, ara es culpa meva? Genial! I què hi puc fer jo si tu no t'atreveixes mai a dir el que vols?

—Sí que m'atreveixo! —vaig mentir—. El que no sé és el que he de fer. M'ho he de rumiar!

—Doncs rumia-t'ho. Potser saps el que vols abans que el fill de la senyoreta Schulte-Stratmann vagi a l'escola.

No vaig dir res més. Estava empipadíssim.

Allò no va canviar durant el sopar. Els pares no van preguntar perquè l'Estefi i jo no ens dirigíem la paraula. Saben exactament quan ens hem discutit. Per sort, sempre ens deixen en pau.

Després de sopar me'n vaig anar a la meva habitació i em vaig tirar enfurismat sobre el llit. Encara no havia perdonat a l'Estefi que m'hagués dit covard, però jo també estava enfadat amb mi mateix. Per què vaig mentir al Charly i al Fred? O per què no vaig dir que no directament a la senyoreta Schulte-Stratmann? No volia aquella feina de cangur. D'altra banda, però, sí que la volia! Potser l'Estefi tenia raó. Potser en realitat sí que era un covard.

Tot just quan m'havia decidit a anar a l'habitació de l'Estefi i fer les paus amb ella, van picar a la porta i l'Estefi va treure el cap.

—Ho sento, Ravenet. No ho he volgut dir, això. Sí que tinc una gran bocassa.

—És veritat —vaig dir—. Però tu també tens raó. Sóc un covard.

L'Estefi va moure negativament el cap.

—No ets pas un covard. Només cautelós.

I d'aquella manera se'n va anar.

L'Estefi aconsegueix sense problemes posarme nerviós en un temps mínim. Però barallar-me amb ella és per a mi pitjor que fer un examen de Matemàtiques amb el guapo del Gerard. Em trobo molt millor quan fem les paus.

L'endemà no vam parlar gaire de la nostra discussió ni del fill de la senyoreta Schulte-Stratmann. Estava claríssim per a tots dos que ho havia de resoldre jo tot sol. I és el que faria! La pregunta era, com?

A l'escola ens va rebre el nostre excursionista, el Gran Siggi, de molt bon humor. Fins i tot la ploma semblava oscil·lar amb més alegria que el dia abans.

—Avui tindrem molt èxit! —va anunciar-nos—. He traçat un nou camí pel bosc! Ara estic del tot segur que podrem complir la nostra missió de netejar el bosc de brossa!

—En certa manera em recorda el Charly —va murmurar-me l'Estefi a cau d'orella.

El senyor Kiebitz deu haver analitzat les mostres ja? —va preguntar el Charly quan vam arribar a l'entrada del bosc i el Gran Siggi ens va tornar a equipar amb els sacs d'escombraries.

—Eh, tio, eh! Això no va tan ràpid! Unes anàlisis com aquestes triguen més! És el que van dir a la *tele.*

—Espero que no gaire més —va sospirar el Charly—. Al capdavall la festa de l'escola és demà passat!

—Saps el que no entenc? —va exclamar l'Estefi—. Què t'assegura que hàgim trobat realment terra contaminada?

El Charly va tocar-se el nas amb el dit índex.

—Pressentiment, Estefi! Tinc un pressentiment! És el meu sentit de detectiu! Ja veuràs! A la festa de l'escola destaparem un escàndol!

8
Vuitè escàndol: una mare endreçada!

El Charly va poder demostrar el seu sentit de detectiu amb la brossa. I amb força èxit! No ens ho podíem creure! Vam trobar escombraries de debò! Vam celebrar els primers paquets de cigarretes, llaunes i envasos de iogurt. Però ràpidament vam comprovar que el terra del bosc estava cobert d'escombraries. No sabíem per on començar. El Gran Siggi anava amunt i avall, animant-nos, i radiava com si hagués aconseguit la primera posició de la llista d'èxits musicals amb la seva tuba.

—No ho entenc —va dir l'Estefi mentre agafava del terra amb la punta dels dits una pell de plàtan mig passada i la llençava dins del sac—. Ahir ens vam barallar per una llauna de Coca-Cola i avui no hi ha qui ens salvi de la brossa. Com és que el Gran Siggi sabia on havíem de venir?

—No s'ha dit que ell ho sabés —vaig replicar

mentre decidia deixar a terra el filtre de la cafetera desfet.

El Fred va agafar una ampolla de cervesa.

—Eh, tios, eh! Ni tan sols estava buida del tot! —la va ficar dins del sac—. Em sembla estrany que aquest matí el Gran Siggi estigui de bon humor.

—Au, va! —el Charly va llençar un formatge al sac com si llancés una pilota de bàsquet a la cistella—. Vosaltres teniu molta imaginació! Tot plegat es tracta d'una casualitat!

—Això ho dius precisament tu? —va exclamar l'Estefi amb el nas tapat. Acabava de trobar els bolquers d'un nadó.

Així vam recórrer el bosc mig morts del fàstic, mig contents per l'èxit aconseguit, i vam recollir tota la brossa.

Quan el Gran Siggi va xiular perquè tornéssim, el bosc estava tan net com si algú hi hagués treballat amb una aspiradora. Els nostres sacs estaven, però, tan plens que no els podíem carregar.

—I ara torneu a l'escola! —va exclamar el nostre tutor.

—M'estimo més sis hores de Mates amb el guapo del Gerard! —vaig lamentar-me quan vaig deixar al pati el meu sac al costat dels altres.

—Eh, tios, eh! I ara què fem amb tot això?

—Demà descarregarem aquí tota la brossa i la seleccionarem —va exclamar el Gran Siggi com si hagués sentit el Fred—. Farem quatre piles: brossa orgànica, envasos, residus especials i la senyoreta Rotkehl!

—La senyoreta Rotkehl? Que també és brossa? —va preguntar algú.

—Deixeu de riure! —va cridar el Gran Siggi—. Em refereixo naturalment a coses amb les quals la senyoreta Rotkehl pugui construir instruments musicals!

—Està bé! —va dir l'Estefi—. Quan hàgim acabat, això ja no serà més un pati sinó una deixalleria!

Malgrat que tot plegat va ser massa estressant, gairebé no em vaig adonar com passava el temps. I sobretot no havia tingut temps de pensar en la senyoreta Schulte-Stratmann. No obstant això, em van recordar el meu problema. Va arribar al pati amb la seva classe. Semblava com si caminessin més lentament que el dia abans.

—Com va, col·lega? —va exclamar el Gran Siggi amb la ploma oscil·lant—. Com li ha anat el dia?

—Sembla que ha tingut molt d'èxit —va respondre la nostra professora de Biologia mirant els nostres sacs d'escombraries.

—I tant que sí! Són nostres! Demà els classificarem! I a vostè, com li ha anat?

En lloc de respondre, va subjectar davant del Gran Siggi la petita galleda un terç plena de móres.

—Hem buscat per tot el bosc! —va lamentar-se—. I això és tot el que hem trobat!

Una mirada a les cares dels alumnes va ser suficient per saber que realment havien hagut de buscar per tot el bosc.

—No s'amoïni, col·lega! —va exclamar el nostre tutor posant-se bé el seu barret d'excursionista—. De segur que demà tindrà més èxit!

—Això espero. Al cap i a la fi aquesta és l'última oportunitat! Si no la festa de l'escola serà una ocasió força penosa per a mi.

—No tant, col·lega! No tant!

—Que potser noto en el Gran Siggi certa joia per la desgràcia de la senyoreta Schulte-Stratmann? —va murmurar l'Estefi.

—No! —va respondre el Charly—. Et deus haver confós!

Mentre dinàvem amb prou feines podia mantenir els ulls oberts. Si no m'equivoco, aquella va ser la primera vegada en la meva vida que havia pensat seriosament a fer una migdiada de manera voluntària.

Just quan érem a les postres va sonar el telèfon. Com sempre, l'Estefi es va aixecar d'un salt. Esperava que no fos de nou la senyoreta Schulte-Stratmann.

Quan la meva germana va tornar a la cuina, a penes podia parlar de l'emoció.

—Afanya't, Ravenet! Ens n'hem d'anar ara mateix!

—I què passa amb els deures? —va preguntar la mare.

—Els farem després!

La mare va mirar-se l'Estefi dubtosa.

—Però què et passa? Estàs vermella com un tomàquet! Espero que no hagi passat res greu!

L'Estefi va negar amb el cap.

—No, tot bé, mare! Hem d'anar a casa del Charly. Es tracta del nostre projecte!

—Ah, sí, la festa de l'escola! —va exclamar el pare—. Estic molt entusiasmat. Estic intrigat per veure el que han organitzat els meus col·legues. La vostra darrera festa no va ser tan especial, almenys en comparació amb la nostra.

—Però què passa? —vaig preguntar a l'Estefi quan vam tancar la porta de la cuina.

—No t'ho creuràs! —va exclamar—. M'ha trucat el Charly! El senyor Kiebitz ha trobat una cosa a les nostres mostres!

—Trobat? Estan realment contaminades?

—Sí! Això és el que almenys ha dit el comissari Kiebitz al Charly per telèfon. I ara mateix hem d'anar a la comissaria —de sobte es va aturar—. Espero que el Charly m'hagi dit la veritat. Si no, ja veurà!

—I el Fred? —vaig preguntar-li—. Que no ha de venir ell també?

—He quedat amb el Charly que ell trucaria al Fred i ens trobaríem davant de la comissaria.

El Charly ja ens esperava. De lluny vaig poder veure com n'estava, d'exaltat.

—Per fi sou aquí! —va exclamar—. El comissari Kiebitz ens espera ja!

—El Fred encara no ha arribat —va replicar l'Estefi.

—Digues, és veritat? —vaig preguntar-li—. Les nostres mostres estan contaminades?

—Sí! —va exclamar el Charly—. Probablement no totes, però el cas és que han trobat alguna cosa! És que no us ho he dit? Crec que el comissari Kiebitz també s'ha sorprès força. Almenys és la impressió que m'ha donat per telèfon. Malauradament no me n'ha dit res més. En vol parlar amb nosaltres en persona. Ostres, rebentaré de la curiositat! Però on s'ha ficat el Fred?

Vam haver d'esperar-nos una estona fins que finalment va aparèixer el Fred.

—Però on t'havies ficat? —va escridassar-lo el

Charly—. El comissari Kiebitz ens ha cridat immediatament. Ho entens? Immediatament!

—Eh, tio, eh! No et posis així! Havia de passar per l'hort a buscar el Preciós. Naturalment no hi havíeu pensat.

El Preciós era als braços del Fred, com sempre. No semblava que continués ofès.

—Eh, tios, eh! És veritat això? Les nostres mostres estan realment...

—Ara no tenim temps per a explicacions —va interrompre'l el Charly—. El comissari Kiebitz segurament ens deu voler donar a conèixer els resultats. Ja ens deu estar esperant impacient.

En aquell punt, el Charly anava errat. La secretària del comissari ens va explicar que el senyor Kiebitz tenia una reunió important i havíem d'esperar-lo al seu despatx. La decepció del Charly es podia veure d'una hora lluny.

—De primer ens fica pressa i després té una reunió —va rondinar ofès mentre esperàvem al despatx del senyor Kiebitz.

—Potser hi ha més casos a més del nostre

—vaig dir per fer reflexionar—. I potser són més importants.

El Charly va fer que no amb el cap.

—No ho crec pas. Al capdavall es tracta d'un escàndol mediambiental!

Encara que de la curiositat i la impaciència el Charly de poc es menja per complet les ungles, el nostre cap estava encaparrat. Volia tenir la raó! I jo, igual que probablement l'Estefi i el Fred, no m'ho podia creure.

Finalment vam poder veure el comissari Kiebitz, el qual ens va confirmar el que li havia dit per telèfon.

Vam seure davant de la seva taula i el vam mirar impacients mentre ell continuava fent que no amb el cap.

—De manera que és veritat? —va preguntar el Charly—. Les mostres estan contaminades?

—I tant —va confirmar el comissari—. Millor dit, dues d'aquestes, amb gasoil de calefacció.

—Eh, tios, eh! Increïble!

—Sí, nosaltres creiem el mateix. I ara us he de fer un parell de preguntes. De segur que m'entendreu.

—Naturalment, senyor comissari! Al cap i a la fi

els detectius privats i la policia han de col·laborar sempre que puguin. Això...

—Sí, sí —va interrompre'l el comissari Kiebitz—. En primer lloc, per a mi és molt important i us demano que digueu la veritat! Es tracta tot plegat d'una farsa, d'una broma? Que potser vosaltres mateixos vau ruixar la terra amb gasoil? Si és així, si us plau digueu-m'ho. Us prometo que sortireu d'aquí sense problemes. Però si no ho dieu i després ho descobrim, us podríeu ficar en un embolic!

—Però senyor comissari! —va exclamar el Charly tot seguit—. Som col·legues, en certa manera. Nosaltres mai...

—I què diuen els altres? —va interrompre'l de nou el comissari.

Després que el Fred, l'Estefi i jo li vam assegurar que no ens permetríem fer broma amb ell, vaig tenir la sensació que estava més content.

—Està bé, us crec.

—Com ho han descobert tan ràpidament? —va preguntar l'Estefi—. Em pensava que les anàlisis de laboratori duraven més.

—No ha calgut el laboratori! —va riure el comissari—. Simplement he olorat les mostres i en dues d'elles es podia reconèixer clarament olor de gasoil. Aquestes les he enviat al laboratori. La resta ha anat molt ràpid. Totes dues mostres estan una mica contaminades amb gasoil. Una més que l'altra. Però a totes dues hi ha prou gasoil com per témer danys mediambientals seriosos. D'aquesta manera arribo a la meva segona pregunta: on vau extreure les mostres?

—Ho diu a la bosseta —va dir el Charly.

—Allà només hi ha combinacions de lletres sense sentit —va replicar el comissari.

—Ah, sí! —va riure el Charly—. Només cal que les desxifrem!

—Com dius?

—De seguida ho entendrà —va afirmar el Charly i va començar a rebuscar a les butxaques—. Es tracta d'un codi secret. Estic buscant la clau.

—Codi secret? Clau? —va preguntar el comissari Kiebitz—. Em temo que no entenc res.

—Vam codificar els llocs on vam agafar les mostres i ho vam anotar a les bossetes perquè possibles enemics tinguessin difícil accedir al nostre secret. I ara, pel que sembla, fa la sensació que aquesta mesura ha estat molt necessària.

—No m'ho crec! —va pronunciar el comissari Kiebitz.

—Jo també vaig dir el mateix —va afirmar l'Estefi.

El Charly continuava buscant per les butxaques. Al final, tenia tot el que havia trobat damunt de la taula del comissari Kiebitz.

—Em temo que amb les presses he oblidat el quadern a casa —va dir el Charly en veu baixa.

El comissari Kiebitz va agafar aire.

—Aleshores vés-te'n a casa a buscar el teu quadern —va dir lentament—. Després tornes de seguida aquí i desxifres el teu codi secret. Entesos?

El Charly va ficar les seves coses a corre-cuita a les butxaques.

—És clar, senyor comissari! —va dir—. Tot clar! Més clar que l'aigua! Buscar el codi secret! Tornar aquí! Desxifrar! Ho faré!

—Precisament ara m'he d'oblidar del quadern! —va queixar-se enfurit el Charly mentre anàvem pel carrer.

—Eh, tio, eh! És que hem de córrer tant?

—Que no has sentit el que ha dit el comissari? —va cridar-li el Charly—. Ens hem d'afanyar. Com més aviat desxifrem el codi, més aviat enxamparem els gàngsters del medi ambient!

Quan érem a casa del nostre cap, aviat ens vam adonar que tot plegat no seria tan fàcil. El famós quadern del Charly havia desaparegut. De primer, va buscar per sobre, després vam posar de cap per avall la seva habitació. Sense èxit!

Quan el Charly era sota el llit, va entrar la seva mare a l'habitació.

—Déu meu! Però com està tot de nou? Ahir ho vaig endreçar tot! I què fas sota el llit, amor meu?

El Charly va sortir arrossegant-se. Tenia la cara com un tomàquet.

—Busco el meu bloc de notes, mare! Saps on és?

—Bloc de notes? Bloc de notes? —va dir la mare del Charly pensarosa—. No deus pas voler dir aquella cosa fastigosa destrossada que vaig trobar ahir al bany?

—Exacte! —va exclamar el Charly—. És aquest. Vaig llegir una mica mentre... aaa... Encara és allà? —va preguntar mentre es llançava al damunt de la seva mare.

—No, l'he llençat.

Enmig de tot aquell enrenou el Charly es va aturar.

—A, a, e, e... per què ho has fet? —va dir amb una veu estranyament greu—. Era important, mare! Molt important! Hi he escrit tot! Tot! És la meva memòria, el meu cervell!

La mare del Charly va mirar el seu fill amb les celles arquejades.

—De la manera que parles deu ser així.

—Les escombraries! —va exclamar el Charly—. Encara deu ser a les escombraries! Fins dilluns no es buiden!

I d'aquella manera va passar corrents pel davant de la seva mare, la qual, però, el va frenar de nou.

—Ja no és a les escombraries, amor meu. El vam ficar al sac que ahir a la tarda va portar el pare a la deixalleria.

El nostre cap es va deixar caure. Afortunadament hi havia una cadira rere d'ell.

—No estiguis trist, amor meu —va dir la seva mare—. Aquest matí te n'he comprat un de nou. L'he deixat al bany.

Va tornar a la cuina. Quan va passar pel seu costat, va acariciar el cap del seu fill.

No havia vist gaires vegades el Charly així: els ulls sortits, la cara blanca com el guix, els llavis blaus.

—Mares! —va cridar—. Per què són així!

9
Novè escàndol: un gos es venja!

—**Eh, tios,** eh! Voleu que anem a la deixalleria? Potser el trobem allà!

—Oblida-te'n —va respondre l'Estefi pel Charly—. Tot el que hi arriba no ho tornes a trobar mai més.

El Charly es va aixecar. Semblava que s'havia recuperat.

—L'Estefi té raó. Hem perdut el quadern. En podré reconstruir de memòria una gran part. Però la clau del nostre codi secret s'ha esfumat.

—Que no havies dit que havies tret el codi d'un llibre especialitzat? —vaig preguntar—. De segur que la teva mare no l'ha llençat.

—Jo de tu no n'estaria tan segur —va esbufegar el Charly—. El llibre, però, no ens serveix per a res. La taula me la vaig inventar jo mateix.

—Si haguessis fet servir un ordinador en

comptes del teu estúpid bloc de notes, ara tot plegat no seria cap problema —va afirmar l'Estefi.

—Sí, sí! —va exclamar el Charly—. Tu i els teus ordinadors. Saps prou bé que odio aquests trastos, jo!

—Eh, tios, eh! El cas és que hem d'avisar el senyor Kiebitz. Ens espera.

El Charly va mirar el Fred i va sospirar.

A continuació es va arrossegar fins al telèfon, va marcar el número de la comissaria i va parlar amb el senyor Kiebitz.

La conversa va ser força curta. Per la cara que va fer el Charly, el seu interlocutor no va ser especialment amable amb ell. La meva encuriosida germana va enganxar l'orella al telèfon.

—I doncs? —vaig preguntar quan el Charly va penjar—. Què ha dit el comissari?

El Charly va arronsar les espatlles.

—No estava naturalment entusiasmat, però ha comprès la meva situació.

—Comprès? —va preguntar l'Estefi—. Si no he sentit malament ha dit: «Déu meu! Què he fet jo per merèixer això?»

—Eh, tio, eh! Ja està, ja ha passat. Llàstima! Ara que s'havia posat interessant, ho hem de deixar córrer.

—Deixar-ho córrer? —va cridar el Charly al Fred—. Tu estàs tocat de l'ala! Encara ens queda un dia de temps! De manera que continuem!

—Eh, tio, eh! Per què em crides així? Jo no he llençat el teu estúpid bloc de notes! A més, si no haguessis tret el teu codi secret aquest...

—Voleu parar de discutir-vos! —vaig ficar-me pel mig—. No ens ajuda gens! És millor que pensem què farem ara!

El Charly va assentir.

—Aquesta és l'actitud correcta, Ravenet. És ben senzill el que farem ara. Tornarem a cadascun dels objectius i n'agafarem mostres.

De seguida vaig lamentar haver dit allò. Però tampoc no tenia una proposta millor. De manera que ens vam posar en camí.

Aquesta vegada vam començar per l'antiga fàbrica.

—L’hort de la tieta Hilde el deixem per a aquest vespre —va dir el Charly.

Tal com ja va passar durant la nostra primera visita al solar de l’antiga fàbrica, no vam tenir problemes per entrar-hi. I tot plegat va passar de la mateixa manera. Mentre el Charly ficava terra amb la pala dins de la bosseta, el Preciós va saltar dels braços del Fred i va sortir corrents. Ara, però, semblava que hi havia un altre motiu. Vam descobrir un gosset brut entre les ruïnes.

—Eh, tios, eh! Jo el conec! —va exclamar el Fred—. Vosaltres no?

Abans que algú pogués respondre ens vam adonar que tot plegat no transcorreria com l’últim cop.

Com si hagués sortit del no-res, de sobte va aparèixer un guarda. El vaig reconèixer de seguida. Era aquell amb qui em vaig topar una vegada. I duia també el seu gos amb ell! Tot i que el duia lligat el guarda a penes el podia mantenir agafat. El gos bordava i grunyia tant que vaig sentir calfreds a l’esquena. Tanmateix, semblava que tota la seva ràbia anava adreçada al Preciós, que es dirigia cap a ell.

—Eh, tio, eh! Preciós! —va cridar el Fred.

Potser va ser el crit d'histèria del Fred, o potser el Preciós va entendre el que passava. El cas és que va frenar en sec i va desaparèixer rere un núvol de pols. Un segon després venia corrents a doble velocitat cap a nosaltres. El gosset va desaparèixer en l'altra direcció.

Quan el Preciós gairebé ja havia arribat on érem nosaltres, va saltar als braços del Fred. Almenys

ho va intentar. El Fred no havia comptat amb allò.

—Eh, tio, eh! —va exclamar obrint els braços.

Malauradament no va ser prou ràpid. El Preciós va passar volant pel seu costat i va aterrar al bell mig d'un bassal.

El Fred es va llançar a terra davant del bassal.

—Preciós! Petitó meu! Em sap tant de greu! No ho volia fer!

El Preciós va sortir arrossegant-se del bassal i es va sacsejar l'aigua de sobre sense dedicar una mirada al Fred. A continuació es va dirigir amb el cap

ben amunt al forat de la tanca a través del qual havíem entrat al solar de la fàbrica.

—Tinc la mostra! —va exclamar el Charly—. Toquem el dos ara mateix!

No ens ho va haver de repetir, ja que ara no tan sols ens havia vist el gos sinó també el guarda. Tots dos venien corrents cap a nosaltres bordant i cridant.

Vam tenir sort i ens en vam escapar. Quan vam arribar a un lloc segur ens vam aturar respirant ràpidament com si ens faltés l'alè.

El Charly va obrir la bosseta i hi va ficar el nas.

—Res. No fa olor de gasoil. Així i tot la guardarem. Potser cal analitzar-la amb més profunditat.

—Eh, tio, eh! —va exclamar el Fred—. I tot aquest espectacle per a això! El Preciós ha caigut per segona vegada a l'aigua. Espero que no es refredi.

—Un bany no fa mal a ningú —va afirmar l'Estefi mirant satisfeta el nostre gos, el qual s'havia assegut a la vorera una mica allunyat de nosaltres i donant-nos l'esquena.

—Exacte —va dir el Charly—. No hauria d'haver sortit corrents. Però fins i tot per a això és ximple!

—Eh, tio, eh! El Preciós és el gos més intel·ligent i...

—I ara? Anem a la depuradora? —va preguntar l'Estefi fent un gest d'esgarrifança.

—És clar —va respondre el Charly—. On si no?

—Hi hem d'anar? —vaig preguntar jo també—. La primera vegada vas olorar la mostra que hi vam agafar. Feia olor de gasoil?

El Charly va posar els braços fent nanses.

—No, no en feia! Però som professionals! I els professionals fan la feina bé o no la fan!

D'aquella manera ens vam plantar de nou a la depuradora amb el nas tapat.

—Va ser aquí, crec —va dubtar el Charly traient la pala.

Com he dit abans, el Fred i el Charly es barallen constantment pel Preciós. El Fred creu que és el gos més intel·ligent del món, mentre que el Charly està convençut de tot el contrari. No obstant això, tots estem d'acord en una cosa: el Preciós és un gos força especial. Ho va tornar a demostrar.

Tot just quan el Charly ficava en una bosseta terra amb la pala, va venir cap a nosaltres i ens va mirar com si ens volgués dir alguna cosa. Aleshores va sortir corrents de sobte i va saltar en un bassal de fang. S'hi va arrebossar com si fos un porc senglar, va tornar cap a nosaltres i va seure com si no hagués passat res al costat del Fred.

—Que ho heu vist? —vaig exclamar oblidant-me de tapar-me el nas—. Ho ha fet expressament!

—És clar que ho ha fet expressament —va dir el Charly—. Però què vol dir tot plegat?

—Crec que senzillament ens vol empipar —va opinar l'Estefi—. Està enfadat amb nosaltres i ara s'ha venjat perquè s'ha hagut de banyar dos cops sense voler.

—Venjar-se? Però quina mena de venjança és aquesta arrebossant-se al fang? —va preguntar el Charly i es va ficar la bosseta de plàstic amb la mostra de terra a la butxaca.

—Olora! —va somriure irònica l'Estefi.

El Fred va arrossegar-se olorant fins al Preciós.

—Eh, tios, eh! —va exclamar—. Fa pudor com el lavabo de l'escola!

El Preciós va mirar el Fred breument i se'n va anar amb el cap ben amunt, tal com havia fet al solar de la fàbrica.

—A veure si aconseguim sortir d'aquí —va dir l'Estefi—. Si m'hi estic gaire temps més, encara em desmaiaré.

Vam tornar a l'hort. El Preciós anava a una certa distància de nosaltres.

—El cas és que no ens en podem desfer —va afirmar l'Estefi—. Hem de seguir l'olor.

—Eh, tios, eh! Ja el banyaré quan arribem a l'hort! No pot continuar fent aquesta pudor!

El Fred, però, havia fet plans sense tenir en compte el nostre gos. Es va amagar a la seva caseta tal com havia fet l'últim cop. El Fred va intentar treure'l d'allà una vegada i una altra, però aquest cop tampoc no ho va aconseguir.

—Deixa'l estar —va dir finalment l'Estefi—. No vol. Espera't a demà, segurament ja s'haurà calmat. A més a més, tu també comences a fer la mateixa pudor que ell.

El Charly va treure la bossa de la depuradora i va olorar a dins.

—De fet, no fa olor de res —va afirmar a continuació—. Però potser el meu sentit de l'olfacte està completament boig. Que hi voleu olorar vosaltres?

—No, gràcies! —vam dir tots alhora.

—Està bé —va sospirar el Charly—. Aleshores agafem la mostra de l'hort. Com a mesura de seguretat.

Va dirigir-se a la porta de l'hort i va mirar un parell de cops cap a l'esquerra i cap a la dreta.

—Via lliure —va dir quan va tornar—. La tieta Hilde i l'oncle Werner no són a la vista.

Aquesta vegada nosaltres mateixos vam olorar voluntàriament la terra. Feia l'olor sana que fa la mare terra. Tanta cura que tenen del seu hort la tieta Hilde i l'oncle Werner, m'hauria estranyat que no hagués estat així.

Almenys vam tenir més sort que la primera vegada. El Charly havia tornat a guardar la bosseta a la butxaca quan van aparèixer la tieta Hilde i l'oncle Werner.

—Hola, nois! —va saludar-nos la tieta del Charly; llavors, es va aturar i va olorar—. Digueu-me, de què fa olor aquí? Als matolls d'allà no hi deveu pas haver...

—Però tieta Hilde! —va exclamar el Charly—. Quina imatge tens de nosaltres?

—És el Preciós —va dir l'Estefi—. Ha caigut en un forat de fang a la depuradora.

—Sí, doncs l'haureu de banyar! No vull haver de patir aquesta pudor al meu hort!

—Eh, tia, eh! Ja ho hem intentat, però no vol.

—Ah, no vol? Doncs això ja ho veurem!

La tieta Hilde es va apropar a la caseta del gos, va ficar la mà a dins i va treure agafat del coll el Preciós, que picava amb les potes, bordava i xiulava salvatgement.

—Bé, estimat meu —va dir tapant-se el nas amb l'altra mà—. Ara et banyaràs. De dalt a baix!

Allò va provocar que el Preciós bordés més salvatgement, colpegés amb les potes i xiulés més fort.

—Eh, tia, eh! Tieta Hilde! No siguis tan dura amb ell! S'ha banyat tres cops!

—I com és que fa aquesta pudor? —la tieta Hilde va mirar el Fred—. Si no t'hi atreveixes tu, millor que te'n tornis a casa, Fred.

Llavors va desaparèixer amb el Preciós a la caseta de l'hort.

—Eh, tio, eh! Això és el que faré! De fet ja és tard!

Ens en vam anar amb el Fred. De la caseta sortien uns gemecs molt forts.

—Eh, tios, eh! —va dir el Fred amb veu tremolosa i va mirar enrere amb por.

L'Estefi el va agafar pel braç.

—Vine, Fred. La tieta Hilde no li farà res dolent. A més, és culpa del Preciós.

La resta del camí el Fred va anar al costat nostre amb les espatlles caigudes. El Charly, però, continuava fent plans.

—M'ho pensava —va dir de cop i volta—. Són els jardins dels professors. Allà trobarem la terra contaminada!

—Encara no ho sabem —va replicar l'Estefi—. També podria ser de la fossa de terra vegetal de l'hortet de l'escola. Encara no l'hem examinat.

—Ja ho sé. Malgrat tot, crec que són els jardins dels professors. Tinc un pressentiment! És clar que tornarem a examinar la fossa de terra i l'hortet de l'escola. Millor demà, quan siguem a l'escola. Hem de classificar la brossa. Segurament ens en podrem escapar dissimuladament i agafar les mostres.

10
Desè escàndol: sospitós principal a la vista!

Quan l'endemà vam arribar al pati de l'escola i vaig veure el munt de sacs d'escombraries, no podia creure que haguéssim recollit tantes escombraries en un sol dia.

L'Estefi també va moure el cap:

—No ho entenc. Un dia no trobem res i l'endemà gairebé ens ofeguem amb tanta brossa.

El Gran Siggi ens va treure dels nostres pensaments. Havia canviat el vestit verd d'excursionista per una granota blava de treball.

—Tothom als sacs! —va cridar al pati amb la seva veu de tro—. Buideu-los i després feu-ne la selecció! Brossa ecològica! Envasos! Residus especials i la senyoreta Rotkehl!

Vam obeir el nostre tutor sense piular. Havia estat una oportunitat ben fastigosa haver de recollir escombraries al bosc, però tot plegat no era res al costat del que havíem de fer ara. Potser era pels sacs d'escombraries o perquè ahir l'aire fresc del bosc ho dissimulava. En obrir els sacs, ens vam topar amb una flaire pudenta, com la que feia el dia anterior el Preciós.

Ens en vam apartar gemegant i ofegant-nos.

—Jo ja hi comptava, amb això! —vam sentir la veu del Gran Siggi, que es dirigia cap a nosaltres amb un sac petit—. Són pinces d'estendre roba! Les he agafat a la meva dona! Tothom n'agafa una i se la posa al nas!

Les pinces es van acabar més ràpid que els dònuts de xocolata que ven el senyor Pedel cada matí al seu quiosc.

Després va millorar una mica. De mica en mica anaven creixent les «piles», així és com anomenava el Gran Siggi les muntanyes d'escombraries.

Quan ja feia molta estona que seleccionàvem, va aparèixer la senyoreta Rotkehl amb la seva classe. Amb cara d'entusiasme, la senyoreta Rotkehl es va acostar a la seva pila. Els seus alumnes no semblaven tan entusiasmats.

La senyoreta Rotkehl remenava contenta entre la brossa i sempre que trobava nous «objectes interessants» ho anunciava amb crits de joia i els donava als seus alumnes. Finalment, va tornar a l'edifici de l'escola amb la seva classe. A continuació es van sentir sorolls molt estranys per les finestres obertes.

Els munts d'escombraries creixien i creixien.

—Em pregunto qui s'encarregarà de llençar tot això després de la festa —va rondinar l'Estefi; com a mesura de precaució s'havia tapat el nas amb dues pinces.

—Eh, tio, eh! Espero que no siguem nosaltres. Us podeu imaginar la pudor que farà tot plegat d'aquí a dos dies? No en tindrem pas prou amb una bossa plena de pinces!

—Oh, només faltava aquest! —vaig exclamar.

Havia descobert el guapo del Gerard que venia cap a nosaltres amb el seu famós somriure. Probablement trobava que el seu somriure era elegant. A mi, en canvi, em semblava senzillament estúpid.

—I doncs, col·lega? —va preguntar al Gran Siggi—. És divertit remenar entre la brutícia?

El Gran Siggi va deixar caure una cosa marró que abans havia observat amb deteniment. Possiblement s'havia preguntat si allò era escombraria ecològica o especial.

—El que nosaltres fem almenys té sentit, col·lega! —va tronar la veu del Gran Siggi cap al nostre professor de Matemàtiques—. Quin projecte s'ha pensat, vostè? Darrerament no es deixa veure gaire per aquí! El davantal que s'ha posat hi té res a veure, per casualitat?

Tot just ara m'havia adonat del davantal que el guapo del Gerard duia al maluc. Els meus avis ens portaven sovint a una cafeteria els diumenges a la tarda. El davantal del nostre professor de Matemàtiques em recordava els dels cambrers.

—I tant! —va dir radiant el guapo del Gerard—. I a més és completament net! Malgrat que el duc des de fa dos dies!

—Qui treballa s'embruta! —va esbufegar el Gran Siggi.

El guapo del Gerard va riure ben fort.

—És clar! Quina fila es pensa que fan els meus alumnes!

—I què és el que fan els seus alumnes? —va preguntar el Gran Siggi.

—Acompanyi'm i vegi-ho amb els seus propis ulls! —va respondre radiant el guapo del Gerard.

El Gran Siggi va arronsar les espatlles i va seguir el guapo del Gerard. I nosaltres vam seguir el nostre tutor. Tot plegat era un canvi!

El nostre professor de Matemàtiques anava el primer i ens va portar a l'altra banda de l'escola. El cordill amb el qual s'havia lligat el seu davantal blanc volava al vent igual que la ploma del barret d'excursionista del Gran Siggi.

—Aquest és el meu projecte! —va exclamar el guapo del Gerard quan vam arribar al lloc dels fets.

—Però si això és una barbacoa! —va exclamar el Gran Siggi—. Però què té a veure això amb el medi ambient?

—Té raó, col·lega —va dir el guapo del Gerard—. És una barbacoa, però una d'especial! Faci-hi bé una ullada.

Em vaig adonar d'una olla enorme on dos alumnes anaven remenant una pasta grisa i marró.

Dos alumnes més anaven traient pasta de l'olla i en formaven salsitxes. Les deixaven en una safata perquè s'assequessin. Un cop seques, un altre alumne les col·locava damunt de la barbacoa.

El guapo del Gerard va agafar una d'aquelles salsitxes de la barbacoa, la va posar en un plat i hi va vessar al damunt una salsa vermellosa. Ho va mostrar al Gran Siggi.

—Tasti-ho, col·lega! Té un gust exquisit!

Vaig veure com els alumnes del nostre professor de Matemàtiques movien amb força el cap negativament rere d'ell.

El Gran Siggi va fer un pas enrere amb fàstic.

—Què és això?

—Una salsitxa picant deliciosa, col·lega! —va afirmar el guapo del Gerard—. Recepta pròpia! Purament vegetal! És a dir, vegetal!

El Gran Siggi va apartar el plat a un costat.

—I això què té a veure amb el medi ambient?

—Moltíssim! —va dir el guapo del Gerard arronsant les espatlles—. Això és medi ambient, almenys en un sentit ampli. A més a més, tothom s'alegra quan té alguna cosa bona per menjar. I a més ens traiem uns diners extra per a la nostra classe. Amb això ens podem comprar menjar de debò! Ha, ha, ha!

—És clar —només va dir el Gran Siggi.

—Ah, per cert, col·lega —va continuar xerrant el guapo del Gerard—. No sabia que conduís camions durant el seu temps lliure.

Aleshores va passar una cosa que només veiem quan el nostre tutor s'enfureix. Es va posar com un tomàquet. Aquest cop, però, no era fúria. Era vergonya!

—Com ho sap vostè... vull dir, d'on ho ha tret?

El somriure del guapo del Gerard va esdevenir un ampli somriure irònic.

—El vaig veure abans d'ahir al vespre. Però vostè a mi no.

—Era... era el camió del meu cunyat. El... el vaig ajudar amb la mudança.

—Aaah! —va dir el guapo del Gerard—. Bé doncs, que us ho passeu bé seleccionant la brossa.

Quan tornàvem amb el Gran Siggi cap a les muntanyes d'escombraries, vaig pensar en una *corrida de toros* que vaig veure una vegada a la *tele*. Tanmateix, el nostre tutor em recordava menys el torero que el toro.

—El guapo del Gerard no ho ha dit senzillament així com així —va murmurar-me l'Estefi—. Ha fet una observació que ha avergonyit el Gran Siggi. Has vist com s'ha posat?

—Què t'empatolles? —vaig preguntar.

—Que no ho entens? Les escombraries! Ja em va semblar a mi força estrany. De primer no trobem res i després, de sobte, aquestes muntanyes. Només al Gran Siggi no li va sorprendre!

—Eh, tia, eh! Creus que ell va portar primerament tota aquella brossa perquè la poguéssim recollir nosaltres després?

El Charly va assentir.

—A mi no em sorprendria gens del Gran Siggi. La seva primera preocupació és sempre no posar-se en evidència davant dels seus companys.

—I nosaltres sempre n'hem de pagar les conseqüències! —va gemegar l'Estefi—. M'agradaria...

—No facis bestieses! —vaig exclamar—. Ja saps com és el Gran Siggi quan s'empipa.

—Tant me fa! —va exclamar l'Estefi. No obstant això es va tornar a col·locar la pinça al nas.

—De fet, ara tenim una oportunitat molt bona —va xiuxiuejar el Charly mirant al seu voltant.

—Eh, tio, eh! Què vols dir?

—Doncs això! Les nostres mostres! El Gran Siggi està tan ocupat amb ell mateix que segurament no s'adonarà si desapareixem uns minuts.

—No hauríem d'esperar millor fins a l'hora del pati? —vaig preguntar.

—No, aleshores hi haurà massa gent al pati. Ara és el moment perfecte.

El Charly de seguida va treure de la butxaca la seva paleta i una bosseta de plàstic i va caminar ajupit en direcció a l'hort de l'escola i la fossa de terra vegetal. Quin altre remei teníem, si no seguir-lo?

L'hort i la fossa eren a la part del darrere de l'edifici de l'escola, just per sota de la finestra de la sala de professors. Havíem de ser silenciosos, ja que no sabíem si hi hauria algun professor.

No obstant això, el Fred va cridar fort quan l'hort de l'escola era a la vista.

—Eh, tio, eh! Preciós! Però què hi fas, aquí?

Efectivament, el nostre gos seia entre els últims matolls de julivert i l'hort de la senyoreta Schulte-Stratmann.

—Però si té el pèl blanc! —va afirmar sorpresa l'Estefi—. Sempre he pensat que era gris!

—Sí, quan la tieta Hilde s'hi posa, ho fa de debò —va afirmar el Charly—. És cosa de família.

Quan el Preciós ens va veure, va venir cap a nosaltres movent la cua i es va llançar a la cama del Fred.

—Eh, tio, eh! Preciós? Ja no estàs enfadat? —va preguntar el Fred amb llàgrimes als ulls.

—Després del bany de la tieta Hilde és possible que sàpiga la sort que té amb tu —va dir l'Estefi.

—Però què és el que vol aquí? —vaig preguntar—. No ho havia fet mai abans.

—Eh, tio, eh! Potser et trobava a faltar.

—Tant me fa —va dir el Charly—. El més important és que no el vegi el Gran Siggi. I ara anem a agafar les mostres. Encara que penso que no hi trobarem res.

Aquesta vegada, però, el Charly estava equivocat. El lloc on vam agafar l'última mostra de terra va ser fàcil de trobar. El Charly va ficar terra a la bosseta amb la pala, la va olorar i ens va mirar amb els ulls com taronges. A continuació va olorar una vegada i una altra.

—Què passa? —va preguntar l'Estefi—. Que tens el nas tapat?

En comptes d'una resposta, li va donar la bosseta.

La va olorar.

—Gasoil! Fa olor de gasoil de debò!

D'un salt, el Fred i jo ens vam plantar al seu costat i vam ficar el nas a la bosseta. Feia olor de gasoil, clarament.

—Per això no ha crescut res a l'hort! —va exclamar l'Estefi—. La terra està contaminada!

El Charly es va aixecar i va agafar aire. Semblava que creixia amb cada passa que feia.

—Ja hem resolt el cas! Terra contaminada a l'hort de l'escola! Si això no és un escàndol!

—Eh, tio, eh! El va muntar la senyoreta Schulte-Stratmann! I ella està sempre tan amoïnada pel medi ambient!

—Ostres, la fossa de terra! —va exclamar l'Estefi—. La senyoreta Schulte-Stratmann va agafar la terra per a l'hort de la fossa! Aleshores l'altra mostra contaminada ha de provenir d'allà.

Tot just el Charly va treure la seva paleta, va agenollar-se davant de la fossa de terra vegetal i va apartar la brossa ecològica i els llimacs, fins que va topar-se amb la primera capa de terra.

—Vam cavar exactament aquí —va afirmar, va omplir la bosseta de terra i la va olorar; ens va mirar i la va olorar de nou.

—Eh, tio, eh! Què passa?

El Charly va moure el cap negativament.

—No res. Fa la mateixa olor que l'hort de l'oncle Werner.

L'Estefi li va treure la bossa de la mà. Després d'olorar tots, sabíem que el Charly tenia raó. Aquella terra no estava contaminada.

—No ho entenc —va dir l'Estefi mentre anava olorant totes dues bossetes alhora—. Sé exactament que la senyoreta Schulte-Stratmann va agafar de la fossa la terra per a l'hort.

—És el que va dir! —va exclamar el Charly.

—Eh, tio, eh! Què t'empatolles?

—No res. Només que no podem demostrar d'on prové la terra de l'hort. El cas és que la senyoreta Schulte-Stratmann s'ha convertit en aquest moment en la principal sospitosa.

—Eh, tio, eh! Principal sospitosa! Què vol dir tot plegat? La meva senyoreta Schulte-Stratmann no té res a veure amb la terra contaminada! Posaria la mà al foc!

—La *teva* senyoreta Schulte-Stratmann? —va afirmar amb ironia l'Estefi.

—Exacte! La meva senyoreta Schulte-Stratmann! I a més, el Preciós ens ha conduït un cop més a la pista correcta!

—Però d'on ho has tret, això? —va preguntar el Charly—. Només perquè ens ha esperat a l'hort? Ha estat pura casualitat.

—Eh, tio, eh! Cada cop que el Preciós ens ajuda és una casualitat! I quan ho fas tu, aleshores és genial! No permetré que sospitis injustament de la senyoreta Schulte-Stratmann!

—Aquesta tarda examinarem el seu jardí —va dir el Charly—. Què t'hi jugues que allà trobarem les proves que ens calen?

—No hauríem d'anar a la policia? —va opinar l'Estefi—. Segurament el comissari Kiebitz voldrà saber on hem trobat el gasoil.

—Encara no! —va exclamar el Charly—. De primer cal que trobem la segona mostra.

De cop i volta, admirava el Fred i l'envejava una mica. Tothom sabia com estava d'enamorat de la senyoreta Schulte-Stratmann. Per aquest motiu, sovint havia de patir les ironies de l'Estefi i dels altres. I així i tot, allà era ell. La *seva* senyoreta Schulte-Stratmann! I jo? Ni tan sols m'atrevia a admetre que tindria cura del seu fill per diners.

Vam tornar amb els altres i ens vam posar mans a l'obra. Finalment, quan em pensava que mai més no podria tornar a buidar les escombraries, em vaig adonar que ho havíem aconseguit. Havíem col·locat tota la brossa en les quatre «piles», i allà eren, fent pudor.

—Molt bé! —va alegrar-se el Gran Siggi mirant els seus alumnes protegits amb pinces al nas—. Ho heu fet molt bé. Com a recompensa, us podeu quedar amb les pinces!

—Gràcies, senyor Schlüter! —va murmurar l'Estefi—. Un bonic record d'un dia bonic.

—Mireu! —va exclamar algú de sobte—. Allà ve la classe de la senyoreta Schulte-Stratmann!

Fa poc vaig veure una pel·lícula. Anava dels romans, els quals sempre estaven fent la guerra contra algú. Quan els soldats tornaven a casa després de les batalles, cansats i ferits, allò sí que era una imatge trista. Hi vaig pensar en veure com la classe de la senyoreta Schulte-Stratmann travessava el pati. No m'hauria pas estranyat si s'haguessin arrossegat de quatre potes. Una noia plorava fluixet en alguna banda.

—I doncs, col·lega, com ha anat el botí avui? —va cridar el Gran Siggi tan fort que alguns dels alumnes van ensopegar de l'ensurt.

A la cara cansada de la senyoreta Schulte-Stratmann va dibuixar-se un somriure. Contràriament a les dues primeres vegades, aquest cop va mostrar al Gran Siggi només dues galledes petites. Estaven plenes a vessar!

—Maduixes silvestres! —va cridar la senyoreta

Schulte-Stratmann—. Hem trobat maduixes silvestres!

Ara sabia per què els seus protegits estaven a punt d'acabar les seves forces. Les maduixes silvestres creixen directament a terra i són molt petites. Havia de ser una feina molt feixuga omplir-ne dues galledes.

De cop i volta, el Charly era al costat de la senyoreta Schulte-Stratmann olorant una de les galledes.

—Una flaire excel·lent, no trobes? —va alegrar-se la nostra professora de Biologia.

El Charly va assentir.

—Fan bona olor. I no és olor de gasoil en absolut.

Em pensava que no hi sentia bé!

—Com dius? —va preguntar la senyoreta Schulte-Stratmann de seguida—. Però com se t'acut això del gasoil, Charly?

—Contaminació del medi ambient, senyoreta Schulte-Stratmann! Ha tingut alguna vegada problemes amb això? Vull dir, amb terra «contaminada de gasoil»?

—No, Charly, no n'he tingut mai! Em pots dir què és el que vols de mi?

—Aaa... no. Per què?

De sobte, va aparèixer l'enorme mà del Gran Siggi, va agafar el Charly com si fos una grua i el va apartar de la senyoreta Schulte-Stratmann.

—S'ha passat el dia classificant escombraries.

Això li deu haver afectat el cervell. Oi que és així, Charly? —va preguntar el Gran Siggi mirant clarament el nostre cap.

—Sí, és clar, senyor Schlüter. Exactament com vostè diu.

La senyoreta Schulte-Stratmann va negar amb el cap i va tornar amb els seus alumnes a prova de patiment. Va passar pel meu costat i em va fer un gest amable amb el cap. Havia arribat l'ocasió de fer el mateix que el Fred! Només hauria de dir, sí, què és el que havia de dir? Quan se'm va acudir, ja era massa tard. La senyoreta Schulte-Stratmann ja se n'havia anat.

—Tu has perdut completament el seny, Charly —va exclamar l'Estefi quan érem camí de casa.

—Però per què?

—Eh, tio, eh! I encara ho preguntes? «Ha tingut alguna vegada problemes amb terra contaminada de gasoil, senyoreta Schulte-Stratmann»? —el Fred va imitar el Charly—. Penso que vols fer-la sospitosa sense proves.

—De vegades és necessari fer una teràpia de xoc al sospitós —va afirmar el Charly.

—Eh, tio, eh! Teràpia de xoc! Quines bestieses! Jo aquesta tarda no vindré si us fiqueu d'amagat al jardí de la senyoreta Schulte-Stratmann!

11
Onzè escàndol: la sospita s'endureix!

Quan a la tarda vam anar a l'hort, el Fred ja hi era i jugava amb el Preciós, el qual encara feia l'efecte que la tieta Hilde l'hagués ficat a la rentadora.

—On és el Charly? —va preguntar el Fred.

Va arronsar les espatlles.

—Ni idea. Potser està *reconstruint* el seu bloc de notes de memòria!

—Au, no t'empipis tant, Fred —va dir l'Estefi—. Ja coneixes el Charly. Ell és així.

—Eh, tia, eh! Ja ho sé. Ja m'he acostumat que sempre es queixi del Preciós. Però és que ara també de la senyoreta Schulte-Stratmann!

—L'Estefi i jo estem d'acord que la senyoreta Schulte-Stratmann de ben segur que no sabia res del gasoil de l'hort de l'escola —vaig dir.

—Aleshores no cal que ens fiquem al seu jardí! —va exclamar el Fred.

L'Estefi va moure el cap.

—Pots imaginar-te que el Charly es deixi convèncer?

—Eh, tio, eh! Nooo!

—Precisament per això hi anem. Per tenir-lo, en certa manera, controlat. A més, no crec que hi trobem la segona mostra. Almenys així el Charly ens deixa tranquils.

—Per això vinc amb vosaltres —va esbufegar el Fred—. Potser cal que defensi la senyoreta Schulte-Stratmann.

—Au, Fred! —va sospirar la meva germana—. Ets tan maco, ho saps?

Quan el Charly per fi va arribar, va moure els braços a la porta de l'hort.

—Ens hem d'afanyar! Ja és massa tard!

—No és culpa nostra! —va replicar l'Estefi.

El Charly va mirar el seu rellotge.

—Ho sé, m'he estirat una estona al llit després de dinar. Em dec haver adormit.

Ho podia entendre. Des que va començar la setmana cultural, penso més sovint a dormir.

—Què fem si la senyoreta Schulte-Stratmann torna a ser al jardí? —vaig preguntar de camí a casa seva—. L'he de tornar a distreure?

—Eh, tio, eh! No és possible! O és que la senyoreta Schulte-Stratmann vol tornar a parlar amb tu perquè no pot llegir una paraula del teu test de Biologia?

De la manera com ho deia el Fred, vaig saber exactament que no m'havia cregut. Però això jo, en el seu lloc, tampoc no ho hauria fet.

Tots aquells nervis no havien calgut. La senyoreta Schulte-Stratmann no era al jardí. No obstant això, la porta de la terrassa era oberta.

—Merda! —va exclamar el Charly en veu baixa—. Confiava que no fos a casa.

—Si volem tornar al lloc on vam cavar l'última vegada, haurem de fer la volta a la casa —va dir l'Estefi—. Si no, ens veurà per la porta de la terrassa.

—Només em faltava això! —vaig gemegar.

El Charly no em va deixar temps per pensar. Es dirigia ja cap a la casa.

Gairebé ho havíem aconseguit quan de cop i volta vam sentir veus de la casa. El Charly es va endur la mà a la boca. Jo vaig contenir la respiració. Una veu era la de la senyoreta Schulte-Stratmann i l'altra era d'un home. Deuria ser el seu nòvio. I semblava que es barallaven!

—No pots fer això! —vaig sentir cridar l'home—. És alumne teu!

Ahà! Es tractava de l'escola.

—Ho sé! Però no entenc per què això és un problema! —va replicar la senyoreta Schulte-Stratmann—. Confio en ell. I és el que compta!

—I si els teus companys se n'assabenten? Ja saps com agrada a alguns xerrar més del compte!

El Charly ens va mirar. Per l'expressió de la seva cara es podia notar amb claredat que l'interessava la discussió.

—Fuig, home, fuig! Tu exageres —va dir la senyoreta Schulte-Stratmann—, la majoria són bona gent.

—I què passa amb els altres? —va preguntar l'home—. Considero un error absolut que un dels teus alumnes ens faci de cangur.

No podia respirar. Durant una bona estona no podia respirar. Parlaven de mi! Vaig mirar l'Estefi. No vaig poder endevinar l'expressió de la seva cara. Allò era compassió? O despotisme?

La reacció del Charly, però, era clara. Va girar els ulls en blanc i ens va indicar que continuéssim caminant. Per a ell allò no era cap tema interessant. No sabia de què parlaven aquell parell.

De sobte, vaig recuperar una mica l'esperança. Potser l'home volia convèncer la senyoreta Schulte-Stratmann d'agafar un altre cangur i jo quedava fora d'aquell assumpte.

En aquell moment, tots dos estaven tan ocupats amb ells mateixos que nosaltres vam poder agafar la nostra mostra sense cap problema.

Quan ens vam trobar en un lloc segur, el Charly va treure la bosseta.

—Bé, ara sí que em pica la curiositat!

—Eh, tio, eh! Que la puc olorar jo primer? —va preguntar el Fred.

—És clar —va dir el Charly passant-li la bosseta.

Vaig veure com el Fred vacil·lava. Aleshores va obrir la bosseta, va tancar els ulls i va olorar-la. Gairebé en aquell mateix moment va saltar mig metre en l'aire.

—Eh, tio, eh! És impossible! No m'ho crec!

—Què passa? —vaig preguntar.

El Charly em va posar la bosseta sota el nas sense dir res. Gasoil! Clarament feia olor de gasoil! No tan fort com la terra de l'hort de l'escola, però ja no hi havia cap mena de dubte.

—Aquí tens la teva prova —va dir el Charly en olorar ell també la terra del jardí de la senyoreta Schulte-Stratmann.

—Eh, tio, eh! No m'ho puc creure! I a més, això no prova ni de lluny que la senyoreta Schulte-Stratmann ho sabés!

—Jo no he dit pas això, però la senyoreta Schulte-Stratmann és, com si diguéssim, l'origen de l'escàndol.

—No seria millor anar a la policia? —vaig preguntar abans que el Charly s'exaltés de nou.

—Exactament això és el que pensava, Ravenet!

—El cas està resolt —va dir el nostre cap amb la seva manera decisiva després d'aconseguir arribar amb èxit a parlar amb la secretària del comissari Kiebitz i seure davant de la seva taula.

—Quin cas? —va preguntar el comissari Kiebitz.

El Charly de poc fa un salt de la decepció.

—L'escàndol mediambiental! Vostè ja ho sap!

—Exacte. Les mostres de terra. És que ja sabeu on les vau agafar?

El Charly es va recolzar a la cadira.

—Naturalment, senyor comissari! No ha estat en absolut fàcil, però ho hem aconseguit! Quan, per exemple, penso en els perills als quals ens hem exposat, quan al solar de l'antiga fàbrica...

—Si us plau, jovenet! —va interrompre el comissari Kiebitz el nostre cap—. No em vinguis amb romanços. No tinc gaire temps. Digues només d'on vau treure les mostres.

—Aaah... sí. De l'hort de la nostra escola.

—L'hort de l'escola? —va repetir el comissari intentant controlar la seva mandíbula.

Semblava que al Charly no se li escapava cap detall.

—És una qüestió molt seriosa, senyor comissari!

—Sí, ho sé. Els alumnes de l'escola mengen les verdures i hortalisses que es planten a l'hort?

—No hi creix res —va respondre l'Estefi—. Només julivert, i sembla dent de lleó.

—Bé, aleshores el perill no és tan gran. Encara en queda una, de mostra. D'on la vau treure?

—No ho sabem —va respondre el Charly abans que ho fes l'Estefi—. Tanmateix, una pista fiable ens condueix als professors.

L'Estefi, el Fred i jo ens vam mirar. Però què volia dir tot plegat? Per què no deia que la segona mostra era del jardí de la senyoreta Schulte-Stratmann?

—Una pista fiable? —va preguntar el comissari Kiebitz mirant el sostre—. Em penso que el *cas* està resolt.

—I tant, senyor comissari! I tant que sí! Em penso que demà conclouré les meves investigacions.

—Que bé! —va rondinar el senyor Kiebitz—. Aleshores proposo que tornis demà i em posis al corrent de les teves investigacions.

—Jo en tinc una altra, de proposta —va dir decidit el Charly—. Per què no ve demà a l'escola amb nosaltres? Celebrem la nostra festa. És a dir, po-drà inspeccionar el lloc dels fets i alhora interrogar els professors. Hi seran tots. I porti el senyor Stecker!

De cop vaig tenir clar el que planejava el Charly. Volia fer la seva gran intervenció a la festa! I el senyor Stecker havia de ser-hi present. El Charly encara no havia oblidat la reprimenda que va rebre del senyor Stecker.

—No crec que hàgim d'interrogar ningú —va replicar el senyor Kiebitz.

—Però vindrà de totes maneres, oi?

—Ja ho veurem. El senyor Stecker i jo demà tenim guàrdia, i ara mateix tenim molta feina.

—Entesos, doncs! Vindran! —va exclamar el Charly i va estendre la mà al senyor Kiebitz.

La va agafar vacil·lant.

—Tal com t'he dit, m'ho rumiaré. I ara m'heu de disculpar. Tinc una reunió important.

—Em pensava que formàvem un equip! —va retreure l'Estefi al Charly quan el comissari Kiebitz ja no ens podia sentir—. Que no ens podies haver dit que només volies venir a la policia perquè demà faràs la teva gran intervenció? Llavors, jo no hauria vingut!

—Em sap greu, Estefi —va dir el Charly en veu baixa—, però tenia por que m'ho traguéssiu del cap si us ho hagués explicat abans.

—Eh, tio, eh! Ja te'n pot saber, de greu!

A mi tot plegat no m'acabava de fer el pes.

—Tant de bo surti bé —vaig dir—. M'estimaria més deixar-ho en mans de la policia.

El Charly em va donar uns copets a l'esquena.

—Confia en mi, Ravenet. Demà serà el nostre gran dia.

—Deus voler dir el *teu* gran dia! —va dir l'Estefi.

—Eh, tio, eh! I has de prometre que no posaràs

en evidència davant de tothom la senyoreta Schulte-Stratmann!

—No patiu! Ho faré de la manera més discreta.

Aquella nit vaig dormir molt malament. De fet, vaig recordar que els pares també vindrien a la festa.

Tot plegat no era pas tan dolent si no fos perquè tenia por que poguessin parlar amb la senyoreta Schulte-Stratmann i llavors treure el tema de la feina de cangur.

Mentre esmorzàvem vaig intentar dos cops agafar forces per explicar als pares l'oferta de la senyoreta Schulte-Stratmann. Tanmateix, així va quedar la cosa. De mica en mica, fins i tot jo me n'havia convençut, l'Estefi tenia raó: sóc un covard!

A l'escola ja havien començat de ple els preparatius de la festa. Cada classe havia muntat una paradeta amb les seves atraccions.

El Fred i jo érem allà també. El Fred estava més feliç que un gos amb un os. El Gran Siggi li havia donat permís perquè pogués portar el Preciós.

—Però només si es porta bé —va dir el Gran Siggi.

—Eh, tio, eh! El Preciós és el gos més intel·ligent i més...

—Està bé, el pots portar...

El Fred anava pel pati tot orgullós amb el Preciós en braços, com si anés a presentar al món un tigre.

Malgrat tot, aviat va canviar de cara. Com a mínim deu nenes van envoltar-lo perquè volien acariciar «el petitó».

A les nostres muntanyes de brossa no es va haver de preparar gaire cosa, afortunadament. El Gran Siggi vigilava com un drac el seu tresor. Nosaltres vam arribar més tard. El Gran Siggi ens havia dividit en grups. Cadascun dels grups s'havia de quedar una hora sencera vigilant les escombraries «per tal d'informar els pares del nostre projecte i respondre preguntes», havia dit el Gran Siggi. Per sort, el nostre grup era dels últims. Esperàvem que hi hagués a la festa pocs pares que fessin preguntes. De fet, aquella

pudor no la suportaria ningú gaire estona. Així vam tenir temps de fer una ullada per la festa.

El Charly es va dirigir ràpidament a la paradeta de la senyoreta Schulte-Stratmann.

—A veure si es comporta de manera sospitosa.

Semblava que els alumnes de la senyoreta Schulte-Stratmann s'havien recuperat en certa manera aquella nit, exceptuant les ulleres vermelles que feien. Ja havien muntat del tot la seva paradeta. La senyoreta Schulte-Stratmann estava arreglant «els bons productes del bosc», els quals havien collit els seus alumnes en detriment de la seva salut, per tal que no semblessin raquítics.

El Charly es va acostar a la paradeta com un gat a un niu de rates.

El Fred estava fins al capdamunt del Charly.

—Eh, tio, eh! —va esbroncar el nostre cap—. Anem a un altre lloc. Això serà vergonyós!

Així que ens vam dirigir a la paradeta de les salsitxes més bones del nostre professor de Matemàtiques. De nou duia el davantal blanc cordat i estava parlant amb la senyoreta Rotkehl, com era d'esperar.

—Imagini's —deia el guapo del Gerard mentre passàvem pel seu costat—, la meitat dels meus alumnes no han vingut avui perquè estan malalts. Gastroenteritis! Probablement un virus.

—És possible! —va afirmar la senyoreta Rotkehl.

—I la seva orquestra de brossa? —va preguntar el guapo del Gerard.

—Em penso que hem organitzat una orquestra magnífica —va dir la nostra professora de Música—. Uns objectes molt interessants! Molt interessants. És increïble les màgiques melodies que es poden fer amb coses que els altres llencen a la babalà.

El guapo del Gerard va assentir.

—Màgia. M'ho puc ben imaginar.

—Oi que sí? Els alumnes estan assajant ara mateix! Escolti, escolti!

Els sorolls que sortien de les finestres obertes no sonaven millor que el dia abans, tan sols més fort.

—Sí, sí —va afirmar el guapo del Gerard—, màgia. Pura màgia.

De sobte, es va organitzar un xivarri. De primer un crit, després algú va cridar:

—El senyor Kurzweiler ha caigut al seu biòtop!

En aquell precís moment, tot allò que tenia cames es va dirigir a les petites piscines que el senyor Kurzweiler i la seva classe havien transformat en una mena d'estanys amb tot tipus de peixos i plantes.

Com més ens acostàvem a les piscines més intranquil estava el Preciós. Finalment, va acabar saltant dels braços del Fred amb un fort xiulet i va sortir corrents en direcció oposada.

—Eh, tio, eh! Preciós! Torna aquí! Què et passa?

—Potser ha olorat l'aigua —va opinar l'Estefi.

Quan vam arribar al lloc dels fets, el director de la nostra escola havia tret el cap de l'aigua. Aquella imatge em va recordar el Preciós, quan va caure a l'estany del jardí del senyor Kurzweiler.

—Déu meu, Déu meu, Déu meu! —va lamentar-se el nostre director—. Espero no haver ferit cap peix!

Es va aixecar i va mirar el seu biòtop amoïnat.

—No ha passat res, afortunadament! —va dir a continuació—. Només s'ha trencat una planteta.

—Jo ho arreglarem! —va exclamar el Gran Siggi traient de l'aigua el seu company.

—S'ha de canviar de roba immediatament, senyor Kurzweiler —va dir la senyoreta Schulte-Stratmann—. Si no, es refredarà.

—Sí, sí, és el que faré. M'he d'afanyar. Si no arribaré tard al discurs d'obertura!

—Per mi el podria suspendre —va afirmar l'Estefi mentre mirava com el senyor Kurzweiler es dirigia a l'escola tot xop.

12
Dotzè escàndol: declara el veritable culpable!

El pati de l'escola es va anar omplint de gent poc a poc. Era força estrany veure-hi tants adults. Algunes cares m'eren conegudes, d'altres no les havia vist mai. Així i tot em vaig adonar que moltes de les cares tenien un lleu to verdós. Probablement havien estat massa estona a les muntanyes de brossa o havien tastat les salsitxes picants del senyor Brinkmann.

Com més a prop estava el moment en què s'inauguraria oficialment la festa, més nerviós es posava el Charly.

—Eh, tio, eh! Per què mires tant el rellotge? —va preguntar el Fred—. Que esperes algú? Els teus pares ja han arribat.

—No espero els meus pares! Els veig cada dia. Però el comissari Kiebitz i el senyor Stecker encara no hi són!

—No saps si vindran —va replicar l'Estefi.

—Per a la policia és igual d'important resoldre un cas com per a nosaltres. De manera que sí que vindran.

Tanmateix, no venia ningú.

—Eh, tio, eh! Preciós! Has tornat! Què tens?

Em vaig adonar que el pèl del nostre gos tenia el mateix color que abans del bany de la tieta Hilde. Però també vaig veure que duia alguna cosa entre les dents.

—És impossible! —va exclamar el Charly—. El meu bloc de notes! Ha trobat el meu bloc de notes!

El Charly tenia raó. El Preciós havia portat realment el vell bloc de notes amb el qual el nostre cap ens havia donat tant la llauna. El va deixar als peus del Charly com un bon gos.

—Eh, tio, eh! Ho veus? El Preciós és el més intel·ligent i el...

—No ho entenc —va dir l'Estefi—. Pensava que el teu pare havia portat el bloc a la deixalleria!

El Charly va arronsar-se d'espatlles.

—Jo tampoc no ho entenc. Però on l'ha trobat?

—Aquí ve el Gran Siggi! —vaig exclamar—. Deu voler alguna cosa de nosaltres.

El nostre tutor portava de nou roba normal. Així és com més m'agradava, sincerament. La cara que portava, però, no m'agradava gens ni mica. El drac era a punt d'escopir foc.

—Que no us ho vaig dir? —va exclamar quan encara era unes passes allunyat de nosaltres—. Que no us vaig dir que hauríeu de vigilar el vostre gos?

—Eh, tio, eh! Se m'ha escapat! Ho sento, senyor Schlüter. És que ha fet res?

—Ja ho pots ben dir! Ha estat remenant entre la nostra brossa! És probable que ho hagi barrejat tot! Pot donar gràcies que l'he enxampat!

—De debò, ens sap molt de greu, senyor Schlüter —vaig dir jo també—. No tornarà a passar. El vigilarem millor. Li ho prometo.

—Entesos —va rondinar el Gran Siggi—. Però és l'últim avís!

D'aquella manera se'n va tornar al seu tresor.

—Estaria malament si el Preciós realment hagués transportat la brossa ecològica a la muntanya de la senyoreta Rotkehl —va afirmar irònica l'Estefi; aleshores es va colpejar el front amb la mà—. Ostres, ara ho entenc! Com és que no hi he caigut abans!

—Què t'empatolles? —vaig preguntar.

—El Preciós ha estat remenant entre la brossa, oi? I què és el que ens ha portat?

—El bloc del Charly —vaig respondre—. L'ha trobat el Preciós a les escombraries.

—Exacte! I on l'havia portat el pare del Charly?

—Eh, tia, eh! A la deixalleria! És a dir, la nostra brossa deu haver estat abans allà.

L'Estefi va assentir.

—I només hi ha una explicació per a això.

—El Gran Siggi! —va exclamar el Charly—. Aleshores teníem raó amb les nostres sospites! Va repartir tota la brossa pel bosc perquè la poguéssim recollir de nou allà. És clar que li va fer vergonya que el guapo del Gerard li digués allò del camió. És possible que ell hagués vist la brossa.

—I tot només perquè el nostre tutor no es volia posar en evidència davant dels seus col·legues.

—L'hem agafat —va opinar el Charly.

L'Estefi va esclatar a riure.

—Això només t'ho creus tu. En primer lloc, no ho podem provar, i a més a més no em puc imaginar que algú pugui agafar mai el nostre tutor.

—Això ja ho veurem! —va exclamar el Charly sortint corrents rere el nostre tutor—. Senyor Schlüter! Senyor Schlüter! Esperi'm!

El Gran Siggi es va aturar i es va girar cap al Charly. Els seus ulls semblaven més petits que mai.

—Sí, Charly! Passa res?

—Aaa... es tracta del meu bloc de notes. L'ha trobat el nostre gos —va respondre el nostre cap.

—Ahà. I? —ara els ulls del nostre tutor semblaven dues petites flames.

—A les nostres escombraries.

—De debò, no tinc ni ganes ni temps per a les teves preguntes. Digues el que vols!

El Charly va vacil·lar un moment, però després va agafar forces.

—El meu..., el meu pare va portar a la deixalleria el bloc juntament amb la brossa. Té idea de com és que va arribar al bosc?

Les flames als ulls del Gran Siggi es van apagar.

—Aaa..., sí, jo no ho sé tampoc —va balbotejar el nostre tutor. Estava tan avergonyit com el dia abans, quan el guapo del Gerard li va preguntar pel camió.

El Charly també se'n va adonar.

—I doncs? Què té a dir en la seva defensa?

El Gran Siggi es va inclinar amb totes les seves dimensions cap al Charly.

—Charly! Sóc el teu tutor! No m'he de defensar! I ara fes el favor de deixar-me en pau!

Així se'n va anar a les seves muntanyes de brossa, amb grans passes que feien tremolar el pati.

—Oi que us ho havia dit? —va exclamar el nostre cap quan el Gran Siggi havia desaparegut—. Ha declarat! Tot plegat és segur!

—I què n'hem tret nosaltres? —va preguntar l'Estefi.

El Charly va aixecar el dit índex.

—Ja ho veurem, Estefi. Ja ho veurem.

L'episodi amb el Gran Siggi havia distret una mica el Charly, però ara estava molt més nerviós.

—De fet, fa estona que hauria d'haver començat la inauguració oficial —va dir després de mirar com a mínim vint cops el seu rellotge.

—Potser el senyor Kurzweiler encara busca roba seca —va suposar l'Estefi.

—Eh, tios, eh! Potser suspenen el seu discurs!

—Això seria massa bonic perquè fos veritat —vaig sospirar.

—Si el comissari Kiebitz...

—Hola, nois! —va interrompre una veu el sospir del Charly.

Els ulls del Charly es van il·luminar:

—Comissari Kiebitz! Senyor Stecker! Han vingut!

—Fa estona que hem arribat —va afirmar el comissari.

—I ara ens vénen a veure? —va preguntar el Charly decebut—. Tenim tantes coses a parlar —va mirar en totes direccions—. Ja sap, l'escàndol mediambiental! —va dir a continuació amb veu greu.

—De fet no hem vingut aquí per això —va dir el senyor Stecker.

—No?

—No, d'això en podem parlar dilluns. Volíem fer una ullada a la vostra festa.

—Encara sóc el responsable de joventut de la policia —va dir el senyor Kiebitz—, i com a tal he de tenir cura de les bones relacions amb les nostres escoles. Una festa escolar és una bona ocasió. Hem comprovat que hi ha un munt de coses interessants per fer aquí.

—I flaires interessants —va afegir el senyor Stecker.

—Es refereix a les muntanyes de brossa o a la salsitxa picant que ven el nostre professor de Matemàtiques? —va preguntar l'Estefi.

—Si no m'equivoco, ara mateix les regala. Però així i tot no les vol ningú —va dir el senyor Stecker amb ironia.

—Esperin-se una mica —va afirmar l'Estefi—. Els donarà diners perquè se'n mengin una!

El senyor Kiebitz va fregar-se les mans.

—Bé, doncs, anem. Hi ha tantes coses encara a veure! On és el vostre director? M'agradaria saludar-lo.

—S'està canviant de roba —vaig respondre.

El senyor Kiebitz em va mirar confós, aleshores se'n va anar amb el senyor Stecker.

El Charly va seguir incrèdul amb la mirada els dos policies.

—Increïble! Quina barra! Vénen aquí només per veure les muntanyes d'escombraries i les maduixes silvestres de la senyoreta Schulte-Stratmann! Quina mena de policies són?

—Que tens por de la teva intervenció? —va preguntar l'Estefi.

—No em coneixes prou bé! —va dir el Charly.

Coneixia aquella expressió a la cara del nostre cap. Ara no hi havia ningú que el pogués aturar. Tant de bo sortís tot bé!

Desgraciadament el nostre director va trobar roba seca en algun lloc. De sobte, sense avisar, es va plantar sobre l'escenari que es construïa sempre per a aquestes ocasions.

—Senyores i senyors, benvolguts col·legues, estimats alumnes! —va recitar al micròfon—. Em complau donar-vos la benvinguda a la festa d'enguany de la nostra escola!

Tant els adults com els nostres companys de penes s'anaven replegant involuntàriament al voltant de l'escenari.

—Abans de dirigir-me a vostès amb una breu salutació, comencem el nostre acte festiu amb una representació musical. Per a aquesta ocasió, la nostra senyoreta Rotkehl ha creat una cosa especial! Si us plau, col·lega!

I així van anar ocupant l'escenari la nostra professora de Música i la seva classe.

—Eh, tios, eh! —va gemegar el Fred—. M'ho imaginava!

Es podia veure quina vergonya feia tot allò als pobres alumnes de la senyoreta Rotkehl, que havien pujat a l'escenari amb cara de pomes agres. Duien ampolles de plàstic, tambors de detergent, mànegues de jardí trencades i culleres doblegades que intentaven amagar. La senyoreta Rotkehl, però, no coneixia la compassió. Va agafar la batuta i els sorolls que fins ara havíem sentit de lluny per les finestres obertes ens van agafar de ple.

Va ser horrible! De tant en tant hi havia adults que s'arronsaven espantats. Només la senyoreta Rotkehl estava entusiasmada. S'anava girant cap als espectadors assentint i somrient.

Després, la primera part d'aquella esfereïdora actuació va passar. Algú va aplaudir.

A continuació ens esperava el càstig següent: el senyor Kurzweiler va començar a dirigir-nos la «breu salutació».

Mentre lluitava contra la son, vaig pensar en els

pares valents que teníem a la nostra escola. Malgrat la pudor de les nostres piles d'escombraries, malgrat l'exquisida salsitxa picant del nostre professor de Matemàtiques, malgrat l'orquestra de brossa de la senyoreta Rotkehl i malgrat el discurs del nostre director, allà eren ells aguantant! De tant en tant algú tentinejava, però no va caure ningú.

Quan em pensava que allò no s'acabaria mai, vaig escoltar finalment les paraules finals:

—D'aquesta manera declaro inaugurada la festa d'enguany! Que us divertiu!

Tot just quan volia preguntar al Fred què havia volgut dir el senyor Kurzweiler que ens *divertíssim*, em va començar a colpejar al braç com un boig.

—Eh, tio, eh! Eh, tio, eh! Allà! Allà! Mira, mira! Crec que m'he tornat boig!

En aquell mateix moment vaig saber per què el Fred havia començat a delirar tan sobtadament. El Charly era a l'escenari al costat del senyor Kurzweiler!

—Ho farà de debò, el grillat! —va dir l'Estefi en veu baixa—. Vol fer la seva intervenció!

Tal com era previst, el Charly va agafar el micròfon de la mà al nostre director.

—He de comunicar-vos una cosa molt important! —va cridar tan fort que els altaveus van sonar fortíssim.

El senyor Kurzweiler li va ensenyar com es feia correctament, mirant pensarós el Charly i el Gran Siggi. Però només va arronsar-se d'espatlles.

Els crits del Charly van tornar l'atenció del públic a l'escenari. Però ara ja no es tractava d'avorriment. Tothom esperava impacient les paraules del Charly. En una novel·la de criminals diria: «la tensió es podia tallar amb un ganivet».

Semblava que allò ho havia notat fins i tot el Charly. L'expressió decisiva de la seva cara s'havia transformat ara en una d'auxili.

—Aaa... De fet jo només volia... Vull dir, hem descobert un escàndol mediambiental... No descobert directament, però més o menys. La policia és aquí —va balbotejar al micròfon.

Amb la paraula policia es va generar de sobte intranquil·litat. Els professors es van exaltar mentre el

Gran Siggi es va posar com un tomàquet i el seu cap semblava fer-se cada vegada més gran.

—Es tracta de la senyoreta Schulte-Stratmann —va dir en veu baixa el Charly al micròfon—. Hi ha terra contaminada a l'hort de la nostra escola.

En pronunciar el nom de la nostra professora de Biologia, el Fred va córrer com un llampec. Va lluitar contra la multitud, va saltar a l'escenari i es va llançar sobre el Charly.

—Eh, tio, eh! Has promès que no posaries en evidència la senyoreta Schulte-Stratmann! Has dit que ho faries discretament! Has mentit! —va escridassar-lo.

—No, no ho he fet! —va cridar el Charly—. Al cap i a la fi tenim proves!

—No les tens!

—És clar que sí!

Com que el Charly encara tenia el micròfon a la mà mentre es barallaven, tothom va entendre cada paraula que deien perquè se sentia pels altaveus.

Si el comissari Kiebitz no hagués aparegut per l'escenari, possiblement aquell parell s'haguessin estomacat davant de tothom.

El comissari va treure al Charly el micròfon de la mà i amb una mirada fulminant va fer callar els dos galls de baralla. El senyor Kurzweiler el va mirar meravellat. Probablement aquestes coses les aprenen a la policia.

—Senyores i senyors —va dir el comissari completament tranquil al micròfon—, disculpeu aquest petit incident. En part també és culpa meva. Jo sóc policia. De fet, però, sóc aquí com a particular, com si diguéssim —va afegir ràpidament, ja que de nou es va estendre un gran xivarri—. El seu alumne té raó. La terra de l'hort de l'escola aparentment conté restes de gasoil. No obstant això, jo no parlaria d'escàndol mediambiental.

El Charly va voler dir una cosa, però una mirada del comissari Kiebitz el va fulminar.

—Gasoil? —va exclamar la senyoreta Schulte-Stratmann—. No és possible!

El Fred va treure el cap per damunt de les espatlles del comissari:

—Eh, tia, eh! Sé que és innocent, senyoreta Schulte-Stratmann! —va exclamar al micròfon.

Allò va fer que els espectadors esclatessin a riure i el comissari mogués el cap negativament.

—Potser ens hauríem de convèncer nosaltres mateixos —va dir el comissari Kiebitz tot seguit—, abans no hi hagi més malentesos.

El nostre director va assentir i tothom va dirigir-se en processó a l'hort de la nostra escola.

El comissari Kiebitz, el Charly, el Gran Siggi, el director i la senyoreta Schulte-Stratmann els seguien.

—On vau agafar les mostres? —va preguntar

el comissari Kiebitz al Charly quan van arribar als matolls de julivert de la senyoreta Schulte-Stratmann, envoltats per la meitat dels alumnes i els seus pares.

El Charly va assenyalar els pèsols. El Gran Siggi va agenollar-se i amb la mà va agafar una tona de terra.

—Gasoil! —va dir a continuació després d'haver-lo olorat—. Fa olor de gasoil, és veritat!

—Ja ho deia jo! Escàndol mediambiental! I al jardí de la senyoreta Schulte-Stratmann també vam trobar terra contaminada —va intentar dir de nou el Charly.

—Vau ser al meu jardí? —va exclamar la senyoreta Schulte-Stratmann llançant una mirada al Charly al costat de la qual la del comissari Kiebitz era molt amable.

El Charly feia ara la seva gran intervenció. Potser, però, se l'havia imaginat diferent.

—Ens sap molt de greu, senyoreta Schulte-Stratmann —va dir el Fred en veu baixa—. No ho tornarem a fer mai més, però la seva terra feia olor de gasoil, de debò!

—Això..., això és impossible! —va exclamar la nostra pobra professora de Biologia confosa—. No m'ho crec! Jo sempre he... —just a meitat de la frase va deixar de parlar i va mirar el Charly de primer i després el Fred—. D'on vau treure la terra? Vull dir, exactament on vau cavar al meu jardí?

El Charly li ho va descriure.

—És clar! —va exclamar a continuació—. Deu ser la fossa de terra vegetal! Encara que això tampoc no m'ho explico. Només hi vam abocar brossa ecològica. M'ha de creure senyor Kurzweiler.

—Ja ho faig, estimada col·lega —va dir el senyor Kurzweiler assentint comprensiu—. Així i tot, no ho acabo d'entendre.

—És ben senzill —va dir la senyoreta Schulte-Stratmann—. La terra de l'hort de l'escola prové de la fossa de terra. Allà hi vam ficar més terra vegetal del que necessitàvem per a l'hort. Per això me'n vaig endur una mica a casa per a un parterre. I exactament allà és on van cavar els nens. Sí, ara hi caic! En aquell parterre no ha crescut mai res, igual que a l'hort de l'escola.

—No em sorprèn —va afirmar el senyor Stecker—. Tot això està contaminat.

—No pot ser —va ficar-se pel mig el Charly—. Vam examinar la fossa de terra vegetal i no hi havia gasoil.

—Potser no vau cavar prou fons —va opinar el senyor Kiebitz.

—Espereu un moment! —va exclamar de cop i volta el senyor Pedel, el nostre conserge, des de la tercera fila d'espectadors i va lluitar per arribar a l'hort de l'escola. En el camí va destrossar els últims matolls de julivert. El nostre hort s'havia convertit en un desert.

—Tinc una sospita —va dir el senyor Pedel quan era amb els policies, el Charly i els professors.

—Ahà. I quina? —va preguntar el senyor Stecker.

—He de prendre unes mides. Si us plau, facinme lloc.

Va anar fins a la paret de l'edifici de l'escola, després va fer una passa enorme en direcció a la fossa de terra comptant en veu alta:

—Un! Dos! Tres! Quatre! Exacte! Sap què hi ha aquí? El dipòsit de gasoil!

—Com diu? —va exclamar el comissari Kiebitz—. Vol dir que aquí sota tenen un dipòsit permeable de gasoil?

El senyor Pedel va aixecar els braços disculpant-se.

—Feia temps que sospitava que aquí hi havia gat amagat. Ho vaig comentar un parell de vegades, però...

—És culpa meva —va dir el senyor Kurzweiler quan va callar el senyor Pedel—. El senyor Pedel em va dir fa temps que s'hauria de reparar el dipòsit. Però veurà, senyor comissari, les escoles reben cada cop menys diners. Els col·legues fins i tot han de pagar part del material de classe. Per a reparacions gairebé no queden diners tot i que fan tanta falta.

El senyor Kiebitz va moure el cap negativament.

—Déu n'hi do! Però per a coets i avions de combat sí que n'hi ha, de diners!

—I ara què fem? —va preguntar el senyor Kurzweiler.

—Doncs no tenim cap més remei que treure el

dipòsit abans que no passi res més —va dir el senyor Kiebitz—. Hi ha prou gent aquí. Potser que ens ajudin.

Tot seguit hi havia almenys deu pares forçuts o alguns que els agradaria ser-ho, carregats amb pales.

Vam buidar la fossa de terra més ràpid del que em pensava. Com més fons cavaven els pares, més forta era l'olor de gasoil. Quan el dipòsit va quedar net vam poder veure amb claredat la causa de l'«escàndol mediambiental». Per una banda es vessava gasoil. No era gaire, però hauria estat prou com per ofegar la terra amb gasoil.

—S'ha de reparar com més aviat millor —va dir el comissari Kiebitz—. Espero que ho hagin entès, senyor Kurzweiler.

—És clar que sí! L'arreglarem de seguida! I també sé quin serà el títol de la propera setmana cultural —va dir el senyor Kurzweiler quan va fer una ullada al dipòsit—. Arreglem la nostra escola!

—Una molt bona idea! —va exclamar el senyor Pedel.

El senyor Kurzweiler va mirar radiant al seu voltant.

—Jo també ho crec! Bé, continuem doncs. Al capdavall hem de premiar el millor projecte!

El Gran Siggi va escurar-se el coll.

—Crec que podem votar ja el guanyador.

—Sí? Qui, doncs? —va preguntar el senyor Kurzweiler.

—Jo diria que els meus alumnes, els que han descobert el dipòsit permeable de gasoil, es mereixen tots els honors. Haurien de ser els guanyadors!

No sé quina cara estava més vermella, si la del Charly o la del Gran Siggi.

Em vaig alegrar per la joia que havia esclatat, però alhora vaig pensar que hauríem de suportar el Charly tota una setmana refregant-nos com havia descobert aquest escàndol mediambiental.

—Veus ara el que n'hem tret? —va retreure el Charly a l'Estefi—. Segurament ens deu haver proposat només perquè hem descobert el seu transport de brossa.

La meva germana no hi va afegir res. I això no acostuma a passar gaire sovint.

Després que tothom es va calmar una mica i gran part dels espectadors se'n va anar, va venir cap a nosaltres la senyoreta Schulte-Stratmann.

—De fet, hauria d'estar enfadada amb vosaltres perquè vau agafar d'amagat terra del meu jardí. Tanmateix, tot plegat ha servit per a alguna cosa. Ho heu fet molt bé!

—Eh, tia, eh! Gràcies, senyoreta Schulte-Stratmann —va exclamar el Fred amb les orelles brillants.

Vaig mirar-lo i vaig pensar com s'havia llançat a l'escenari per defensar la senyoreta Schulte-Stratmann.

Vaig agafar aire.

—Senyoreta Schulte-Stratmann?

—Sí, què hi ha, Òscar?

—Jo... jo només volia dir-li que m'agradaria tenir cura del seu fill quan neixi!

—Gràcies, Òscar. Me n'alegro.

—Eh, tio, eh! —va exclamar el Fred un cop se'n

va anar la nostra professora de Biologia—. Per això volia parlar amb tu?

Només vaig assentir amb el cap.

—Tu eres aquell per qui es barallaven ahir amb el seu nòvio? —va dir el Charly.

Vaig tornar a assentir.

—Cangur de la senyoreta Schulte-Stratmann! No està gens malament! Potser aconseguirem fàcilment informació que ens ajudi a resoldre els nostres casos.

Em pensava que no hi sentia prou bé. Això era tot? Ni un comentari absurd? Ni un somriure irònic? I per això m'havia fet tantes il·lusions?

El Charly va mirar el seu rellotge.

—És el nostre torn a les muntanyes de brossa. Anem-hi. No vull fer empipar més el Gran Siggi.

—Ho veus, germanet —va dir l'Estefi en veu baixa mentre caminàvem pel pati—. Tu pots!

De sobte, algú em va estirar la màniga. Era el Fred.

—Puc parlar amb tu? Tots dos sols?

—És clar. Què hi ha?

El Fred va mirar al seu voltant, tal com fa el Charly sempre.

—Puc tenir cura jo també del nadó? —va preguntar—. No vull diners, te'ls pots quedar tu.

—És clar! —vaig dir—. Cap problema.

—Eh, tio, eh! Gràcies, Ravenet!

Aquesta feina de cangur m'agradava cada vegada més. Potser més endavant m'hi hauria de dedicar professionalment.

Col·lecció Quatre amics i mig

1. El cas de la professora desapareguda
2. El cas del Pare Noel
3. El cas dels nans a l'aguait
4. El cas del cocodril a Internet
5. El cas de la misteriosa «epidèmia del professor»
6. El cas del crit a la sala de professors
7. El cas del misteri dels cogombres
8. El cas del director de l'escola desemmascarat
9. El cas del robatori dels diamants